Echte Kerzen wären schon schöner

Echte Kerzen wären schon schöner

Neue Weihnachtsgeschichten

RECLAM

RECLAM TASCHENBUCH Nr. 20650
2021 Philipp Reclam jun. Verlag GmbH,
Siemensstraße 32, 71254 Ditzingen
Umschlaggestaltung: Anja Grimm Gestaltung
Umschlagabbildung: Apostrophe/shutterstock.com
Druck und Bindung: GGP Media GmbH,
Karl-Marx-Straße 24, 07381 Pößneck
Printed in Germany 2022
RECLAM ist eine eingetragene Marke
der Philipp Reclam jun. GmbH & Co. KG, Stuttgart
ISBN 978-3-15-020650-8

Auch als E-Book erhältlich

www.reclam.de

FSC
www.fsc.org
MIX
Papier aus verantwortungsvollen Quellen
FSC® C014496

Inhalt

PETRA HARTLIEB

Bergkristall oder: Weihnachten in einem fremden Land

> Eines der schönsten Feste feiert die Kirche fast mitten im Winter, wo beinahe die längsten Nächte und kürzesten Tage sind, wo die Sonne am schiefsten gegen unsere Gefilde steht, und Schnee alle Fluren deckt, das Fest der Weihnacht.
>
> *Bergkristall, Adalbert Stifter*

Unser Land feiert verschiedene Feste, welche zum Herzen dringen. Man kann sich kaum etwas Schöneres denken, als das Eid al Fitr, das Zuckerfest, an dem die Menschen nach dreißig Tagen Fasten ein ausgelassenes Fest feiern. Schon Tage vorher wird gebacken, gekocht und dekoriert, und die Geschenke für die Kinder werden vorbereitet. Die Familien kommen zusammen, und vorbei sind die Tage der Entbehrungen und des Verzichts.

Aber in unserem Land gibt es Krieg, Zerstörung und Verfolgung, und so haben sich über die Jahre viele Menschen aufgemacht, um anderswo ein besseres Leben zu führen.

Nun versuchen sie verstreut auf der ganzen Welt so gut es eben geht, ihre Heimat in der Fremde zu finden. Meist ist das nicht leicht, und doch gibt es Gegenden, in denen es nicht so schwierig ist, denn durch Geschichte, Schicksal oder Zufall sind Orte entstanden, an denen sich viele von ihnen niederließen.

Ein Dorf ist es nicht, es befindet sich mitten in einer großen Stadt, und doch vergehen oft Wochen, bis die Bewohner ihr Viertel einmal verlassen, denn alles, was man zum Leben braucht, gibt es hier.

Vor den Lokalen sitzen Männer mit langen Bärten und weiten Mänteln, die Wasserpfeifen rauchen. Frauen mit Kopftüchern gehen über den Markt, sie ziehen schwere Einkaufswägen und müde Kinder hinter sich her. Es riecht nach Schaffleisch und Pfefferminztee, und es gibt Schriftzeichen, die nicht so aussehen, wie man sie in diesem Land üblicherweise gebraucht.

Wenn man genauer hinsieht, dann erkennt man, dass die Welt jenseits der großen Straße eine andere ist. Andere Leute, andere Geschäfte, ja, selbst die Häuser sehen anders aus, die Lichter in den Fenstern leuchten nicht so grell, die Autos, die neben den Gehsteigen parken, sind kleiner und moderner.

Kein Ortsschild, keine Grenze trennt das Viertel von den anderen, lediglich in jede Himmelsrichtung geht eine Straße, und gegen Westen und Osten liegen die Gleise der Straßenbahn im Asphalt.

In einem der zentralsten Häuser am Markt ist der Bäcker untergebracht, von weitem riecht man die frischen Fladenbrote, bestreut mit Sesamsamen; und die Süßigkeiten in den Schaufenstern lassen die vorbeigehenden Kinder an der Hand ihrer Mutter langsamer werden.

Mhamed stand seit drei Jahren nahezu jeden Tag in der Backstube, die Sommer wie Winter lediglich durch ein kleines Fenster zum Hinterhof gekühlt wurde. Den Teig konnte er inzwischen ohne Waage zusammenrühren, blind konnte er die Brote formen, und seine Nase sagte ihm, wann er die fertigen Laibe aus dem Ofen ziehen musste.

Vorne im Verkaufsraum stand er weniger gerne, er liebte die Ruhe hinten in der Backstube. Die Hitze, die der Ofen ausstrahlte, machte ihm nichts aus, hatte er doch das Gefühl, dass er, seit er in diesem Land war, immerzu fror. Was er aber gerne machte, war, die verschiedenen Brote so in den großen Schaufenstern zu platzieren, dass die Leute, die daran vorbeigingen, einen rechten Appetit bekamen.

In seinem früheren Leben war Mhamed ein Handelsvertreter gewesen, einer, der immer auf Reisen gewesen war und es geliebt hatte, fremde Städte zu sehen, in Hotelzimmern zu übernachten, neue Menschen kennen zu lernen. Doch eines Tages konnte man in seinem Land nirgendwo mehr hinreisen, und selbst wenn, hätte er keine Produkte mehr gehabt, die er hätte verkaufen können, und selbst wenn, hätte es keine Geschäfte mehr gegeben, die ihm diese Produkte abgekauft hätten.

Nun stand er also hier, in der Backstube eines fremden Landes, in das ihn das Schicksal geführt hatte, und knetete Brot, gab ein paar Löffel Salz dazu, streute Sesamsamen obendrauf, so als hätte er nie etwas anderes getan.

Faizah kannte er seit seiner Kindheit. Sie hatte im Nachbardorf gelebt, und ihre Väter waren über hundert Ecken miteinander verwandt gewesen, doch erst als sie sich als junge Erwachsene bei einem Opferfest gegenübergesessen hatten, waren ihm ihre grünen Augen aufgefallen. Das Tuch hatte sie nachlässig übers Haar gezogen, und immer wieder hatte er hinschauen müssen, ob da nicht irgendwo eine Strähne hervorblitzte. Die Verlobungszeit war kurz gewesen, denn der Krieg war schließlich auch in ihre Dörfer gekommen, und so hatten die Eltern gegen eine Hochzeit plötzlich nichts mehr einzuwenden gehabt, sie hatten wohl gedacht: Wer weiß, vielleicht können Mhamed und Faizah einander gegenseitig beschützen.

Wenn er die Augen schloss, dann sah er Faizahs strahlend grüne Augen, und er erinnerte sich, wie sie das erste Mal vor ihm ihr Tuch vom Kopf gezogen hatte in der Nacht ihrer Hochzeit, auf der sie gefeiert hatten, als gäbe es kein Morgen.

Ihre Augen waren immer noch grün, doch da war kein Strahlen mehr, und ihr Tuch trug sie hier, in der neuen Heimat, so eng gebunden, dass nicht ein einziges Haar daraus hervorlugte. Er vermisste die Nächte, in denen sie im kleinen Vorgarten ihres Hauses gesessen, den Sternenhimmel betrachtet und stundenlang über Gott und die Welt geredet hatten. Der kleine Bassam hatte drinnen in seiner Wiege geschlafen. Auch damals war nicht alles gut gewesen, aber der Krieg schien einen Bogen um ihren Landstrich zu machen.

Nun war ihre Sprache nur noch voll zärtlicher Worte, wenn sie mit den Kindern sprach, und gemeinsam gelacht hatten sie schon lange nicht mehr. Auch gab es keinen Vorgarten, in dem sie sitzen konnten. Ihre kleine Wohnung über der Bäckerei hatte nur zwei Zimmer, beide Fenster gingen in den engen Hof, die Sterne konnte man nicht sehen, dafür roch es Tag und Nacht nach frisch gebackenem Brot.

Gleich im ersten Jahr nach ihrer Hochzeit hatte Faizah einen Sohn geboren, dem sie den Namen Bassam, der Lächelnde, gegeben hatten. Die Namensgebung war geradezu prophetisch gewesen, denn ihr Erstgeborener war ein ruhiges, freundliches Kind. Als Faizah einige Jahre darauf wieder in freudiger Erwartung gewesen war, war es in ihrem Dorf für Männer zu gefährlich geworden und Mhamed hatte beschlossen, das Land zu verlassen. Faizah war zurückgeblieben, die Trennung hatte ihnen beiden Angst gemacht, aber mit einem Vierjährigen an der Hand und einem Ungeborenen im Bauch hätte man diese Reise nicht antreten können. Und nun, lange vier Jahre später, lebten sie als Familie in diesem fremden Land. Er hatte eine gute Arbeit, sie hatten ein Dach über dem Kopf und genug zum Leben. Bassam, das immer vergnügte Kind, war ernst und nachdenklich geworden, Sanna, die kleine Tochter, wich ihrem großen Bruder und der Mutter kaum von der Seite. Doch in Faizahs grüne Augen war das Strahlen nicht zurückgekehrt.

Die Eltern hatten keine Probleme damit, dass auch Bassam in der Schule ein Türchen des Adventskalenders öffnen durfte, kleine Weihnachtsgeschenke bastelte und der begeisterten Sanna Geschichten über das Jesuskind erzählte. Ihre Nachbarn in der alten Heimat waren Christen gewesen, sie hatten eine enge Freundschaft gepflegt und kurzerhand alle Feste gemeinsam gefeiert – die der Christen und die der Muslime. So waren auch sie in den Tagen vor Weihnachten in einer freudigen Stimmung, überlegten, was sie am Heiligen Abend kochen sollten, und Faizah hatte sogar ein paar kleine Geschenke besorgt, eine Puppe für Sanna und ein Puzzle für Bassam.

Am Tag vor dem *Heiligen Abend*, wie es hier genannt wurde, war die Luft lau und mild, und ein blauer Himmel mit dünnen Wolken spannte sich über die ganze Stadt. Fast frühlingshaft war es, und so kamen die Kinder auf die Idee, ihre Khala, ihre Tante Nesrin zu besuchen. Ihre Khala Nesrin war die ältere Schwester ihrer Mutter und ein paar Monate vor ihnen ins fremde Land gekommen. Allein war sie damals gereist und alleine lebte sie auch nun, in einem anderen Stadtteil, gar nicht so weit entfernt von dem ihren.

Die Kinder rannten durch das Stiegenhaus hinab in die Backstube, beide noch in ihren Nachtkleidern, und baten ihren Vater um Erlaubnis. Sie wurde ihnen erteilt, und so liefen sie wieder zur Mutter zurück, damit diese die Kinder anzog, oder eigentlich nur das Mädchen, der Junge begann sich selbst anzukleiden und stand bald ungeduldig da.

Als die Mutter fertig war, sagte sie:

»Bassam, gib Acht: Weil ich dir das Mädchen mitgehen lasse, so müsst ihr recht aufpassen und gleich, nachdem ihr bei der Khala gegessen habt, wieder nach Hause kommen, denn die Tage sind kurz und die Sonne geht bald unter.«

»Ich weiß es schon, Mutter«, sagte Bassam.

»Und pass gut auf Sanna auf, dass sie nicht hinfällt oder verloren geht.«

»Ja, Mutter.«

»So, Inshalla, geht noch zum Vater und sagt, dass ihr jetzt fortgeht.«

Nachdem sich die Kinder verabschiedet hatten, zogen sie Hand in Hand los. Die Mutter sah ihnen nach, wie sie über den Markt in Richtung Straßenbahn gingen, über Bassams Schulter hing die Ledertasche, in die der Vater noch ein Brot für die Tante gepackt hatte. Die kleine Schwester hielt der Bub fest an der Hand, und Sanna machte schnelle Schritte, um mit dem Bruder mitzuhalten.

Gerne wäre Faizah mitgegangen, sie sorgte sich, wenn die Kinder alleine unterwegs waren, obwohl Bassam schon acht Jahre alt war und sehr vernünftig und verständig. Erst seit einem halben Jahr lebten sie hier bei Mhamed, neun Monate lang hatten sie in einem türkischen Lager auf die nötigen Papiere gewartet, denn der abenteuerliche Weg, den Mhamed illegal gegangen war, war mit den Kindern zu gefährlich gewesen. Schon in dieser Hölle aus Zelten, schlechtem Essen und gefährlichen Menschen hatte sie sich auf den Jungen verlassen können. Er war immer in der Nähe geblieben, hatte sich nie an den Raufereien der anderen Kinder beteiligt und sich rührend um Sanna gekümmert.

Die Kinder liebten ihre Tante Nesrin, sie war viel älter als ihre Mutter, so dass sie zu den Kindern fast wie eine Großmutter war, die die beiden nach Strich und Faden verwöhnte.

Bassam hatte den Weg schon einmal alleine zurückgelegt. Seine Eltern erlaubten ihm zwar nie, ihr Viertel ohne ihre Begleitung zu verlassen, aber zur Khala durften sie, das war eine Ausnahme. Einmal war sie krank gewesen, und seine Mutter hatte keine Zeit gehabt, da hatte er die Einkäufe zu Tante Nesrin gebracht, ja, er hatte ihr sogar eine Suppe warm gemacht. Der Vater konnte sowieso nie weg aus seiner Backstube, und die Mutter putzte die Wohnungen von fremden Leuten, jeden Nachmittag. Und wenn sie heimkam, dann putzte sie in ihrer kleinen Wohnung gleich weiter.

Bassam kannte den Weg genau, gleich da vorne, am Ende des Marktes musste man in die Straßenbahn steigen, vier Stationen fahren und dann noch in eine andere Linie umsteigen. Er hob seine kleine Schwester über die hohen Stufen in die Bahn. Es war kein Sitzplatz frei, alles war voller Menschen mit schweren Einkaufssäcken. Ein junger Mann stand mitten im Wagen und hielt einen kleinen Tannenbaum, um den ein Netz gewickelt war. Sanna stellte sich daneben, blickte Bassam fragend an und begann, an den Nadeln zu zupfen.

»Lass das«, zischte ihr Bruder in ihrer Sprache, die Sprache, die die meisten Menschen hier nicht verstanden. Doch der junge Mann lächelte sie freundlich an, Bassam senkte die Augen, Sanna lächelte zurück.

»Bassam?«

»Ja, Sanna?«

Sie waren ausgestiegen und warteten an der Haltestelle auf die andere Bahn.

»Warum hat der Mann einen Baum gehabt?«

»Das machen die hier. Weißt du, morgen ist Weihnachten, da stellen sich die Menschen einen Baum ins Zimmer und stecken Kerzen drauf.«

»Warum?«

»Das weiß ich auch nicht. Ich hab's in der Schule gelernt. Aber warum sie das machen, das haben sie uns nicht erzählt.«

Die Tante wartete schon auf die Kinder und winkte ihnen vom Fenster aus zu. Sie nahm ihnen die Jacken ab, führte sie in die Küche, wo ein reichlich gedeckter Tisch bereitstand, und fragte sie, wie es ihnen auf dem Weg ergangen war. Die Kinder stürzten sich auf die Leckereien, Sanna erzählte begeistert vom Straßenbahnfahren und dem Tannenbaum des jungen Mannes. »Khala, weißt du, warum man sich einen Baum ins Zimmer stellt?«

»Das weiß ich leider auch nicht, Sanna, aber es geschieht zu Ehren des größten Festes der Christen. Da feiern sie, dass Jesus geboren wurde. Es gibt gutes Essen, und die Kinder bekommen Geschenke.«

»Bekommen wir auch Geschenke, Khala?«

»Nein, weil ihr keine Christen seid. Ihr bekommt die Geschenke nach dem Ramadan, das weißt du doch.«

Bassam tunkte sein Brot nachdenklich in den Humus und überlegte kurz, ob er vom Nikolaustag in seiner Schule erzählen sollte. Da hatte er auch ein Geschenk bekommen, ein kleines Säckchen mit einer Mandarine, Schokolade, Nüssen und einem kleinen Buch. Die Mandarine und die Schokolade hatte er sofort gegessen, die Nüsse seinem Sitznachbarn geschenkt, Nüsse mochte er nicht. Das kleine Büchlein über einen Heiligen namens Nikolaus hatte er neben seinem Bett liegen, und immer vor dem Einschlafen las er ein wenig darin.

»Ihr solltet dann heimgehen, Kinder.« Die Tante unterbrach seine Gedanken. »Es wird früh dunkel, und kälter wird es auch.«

»Ja, Tante. Wir gehen gleich.«

Daraufhin stand Tante Nasrim auf und packte Bassams Umhängetasche voll mit allerlei Essen und Naschereien. Vom mitgebrachten Brot schnitt sie noch zwei dicke Scheiben ab, bestrich sie mit Butter und steckte sie in die Tasche des Jungen.

Die Tante küsste beide Kinder und schob sie zur Tür hinaus, nicht ohne sie vorher zu ermahnen, nicht zu trödeln, mit keinem Fremden zu sprechen und auf dem kürzesten Weg nach Hause zu gehen.

Viel kälter war es geworden, seit sie von zu Hause aufgebrochen waren, auch war der Himmel nicht mehr blau mit dünnen Wolken, vielmehr war alles wie von einem grauen Tuch bedeckt. Der Wind pfiff kalt durch die Gasse, und Bassam wies seine kleine Schwester an, ihre Hände in die Jackentasche zu stecken, sie hatten beide ihre Handschuhe vergessen.

Zum Glück kam die Straßenbahn rasch und die Kinder stiegen ein. Diesmal waren nicht viele Leute unterwegs, sie bekamen sogar einen Sitzplatz, Sanna rutschte ans Fenster und drückte ihre Nase gegen die kalte Scheibe.

Nach einer Weile schob Bassam seine Schwester zur Seite, wischte mit dem Jackenärmel die angelaufene Scheibe sauber und versuchte zu erkennen, wo sie gerade waren.

Die Fahrt kam ihm viel zu lange vor, sie hätten längst an der Umsteigestelle sein müssen. Als er bemerkte, dass keine anderen Menschen mehr im Wagen waren, sie und der Fahrer waren die Einzigen, blieb die Straßenbahn auch schon stehen, und die Türen gingen auf. Durch den Lautsprecher schallte eine Ansage, aber Bassam verstand kein Wort und beschloss, einfach sitzen zu bleiben und abzuwarten.

Der Fahrer öffnete die kleine Tür und kam nach hinten in den Wagen. Sanna hielt Bassams Hand und schaute den Mann neugierig an, der sich vor die Kinder stellte und zu reden begann. Bassam verstand nur wenige Worte, *kaputt*, *Garage*, *aussteigen*. Der Fahrer deutete mit dem Arm in Richtung Tür, und da packte Bassam seine kleine Schwester und sprang mit ihr aus dem Wagen.

Sie standen in einer Halle, in der sich lauter Straßenbahnen befanden, wahrscheinlich war das eine Art Garage für Straßenbahnen, dachte Bassam und ging zielstrebig in Richtung Ausgang.

»Komm Sanna, komm mit, wir müssen zurück, damit wir den richtigen Weg finden.«

»Ja, Bassam.«

»Wir suchen uns einfach die Station in die andere Richtung und fahren wieder zurück. Dann erkenne ich es bestimmt wieder, und ich weiß, wo wir umsteigen müssen.«

»Ja, Bassam.«

Die Mutter hatte ihm genau zwei Straßenbahnfahrscheine mitgegeben, einen für die Hinfahrt, einen für die Rückfahrt. Sanna war noch klein, sie brauchte keinen.

Doch er wusste – die Mutter hatte es ihm erklärt –, dass ein Fahrschein immer nur in eine Richtung zählte, er hatte seinen schon entwertet, das Zurückfahren war also verboten. Doch sie hatten keine Wahl. Er wechselte die Straßenseite, hielt dabei die kleine Schwester fest an der Hand, und nach kurzer Zeit kamen sie an eine Kreuzung mit einer Straßenbahnhaltestelle. Bassam achtete nicht auf die Nummer der Linie, er war froh, als ein Wagen um die Kurve bog und sie rasch hineinspringen konnten. Kalt war es geworden, der Wind pfiff durch ihre dünnen Jacken, wenigstens Sanna hatte eine Mütze auf. Bassam zog die Kapuze seines Pullis tief ins Gesicht.

Es waren wenige Leute in der Straßenbahn, und die Kinder setzten sich ganz nach hinten. Schließlich hatte Bassam keinen gültigen Fahrschein, da wollte er nicht in der Nähe des Fahrers sitzen. Wer weiß, vielleicht durfte der auch kontrollieren?

Lange fuhren sie. Bassam sah aus dem Fenster, verzweifelt hoffend, dass ihm irgendetwas bekannt vorkommen würde, ein Haus, ein Geschäft, eine Haltestelle. Doch genauso angespannt blickte er immer wieder zur Tür, um einen Kontrolleur gleich zu erkennen. Dass diese ganz normal aussahen, wusste er, sein Vater und er waren einmal kontrolliert worden. Der Mann damals hatte keine Uniform angehabt, war eigentlich recht freundlich gewesen. Er hatte nur kurz die Fahrscheine angesehen, genickt und war weitergegangen.

Inzwischen waren sie schon sehr lange unterwegs, und die Stadt sah ganz fremd aus. Es gab kaum Häuser, dafür viel mehr Bäume, und die Abstände zwischen den Stationen wurden länger. Plötzlich zog ihn Sanna am Ärmel und deutete begeistert nach draußen:

»Schau mal, Bassam! Es schneit!«

»Ja, Sanna, ich sehe es. Jetzt sei schön still, ich muss aufpassen, dass ich die richtige Station nicht verpasse.«

Bassam wusste längst nicht mehr, welche die richtige Station war. Er hatte keine Ahnung, wo sie sich befanden und was er jetzt tun sollte. Das Wichtigste jedoch erschien ihm, ruhig zu bleiben, damit Sanna nur keine Angst bekam. Sie vertraute ihrem Bruder vollkommen und war überhaupt nicht beunruhigt, baumelte mit ihren kurzen Beinen und zeichnete Striche an die angelaufene Fensterscheibe. Da stieg ein Mann ein, mit dicken Stiefeln und einer blauen Mütze auf dem Kopf, und als Bassam ihn erblickte, erfasste ihn Panik. Das musste einer der Kontrolleure sein, der Junge war sich sicher. Stiefel und Mütze trug er, weil er den ganzen Tag draußen unterwegs sein musste. Der Wagen stand noch in der Station, der Mann machte keine Anstalten, sich zu setzen und schaute in ihre Richtung, da packte Bassam seine kleine Schwester am Arm, riss sie vom Sitz und drückte den Knopf an der Tür. »Wir müssen hier raus, komm schnell«, rief er und sprang mit Sanna an der Hand aus dem Wagen. Hinter ihnen schlossen sich die Türen, die Straßenbahn fuhr davon.

Inzwischen war der Schneefall dichter geworden, und nun erst bemerkte Bassam, dass es fast schon dunkel war. Wie spät es wohl war? Er hatte keine Uhr und auch kein Zeitgefühl, wusste nur, dass sie längst hätten zu Hause sein müssen, die Eltern würden sich schreckliche Sorgen machen und ihn ausschimpfen.

Sanna schien das alles wenig auszumachen. Sie lachte, trat auf den weichen Flaum, suchte mit dem Fuß absichtlich jene Stellen, wo er dichter zu liegen schien, hob ihr Gesichtchen gegen den Himmel und versuchte die dicken Flocken mit der Zunge zu fangen.

Sie waren in einem Teil der Stadt, in dem Bassam noch nie gewesen war, ja, er wusste nicht einmal, dass es hier solche Gegenden gab. Es sah alles ganz anders aus als bei ihnen zu Hause. Große Häuser für reiche Leute, davor parkähnliche Gärten, riesige Bäume, die ihre kahlen Äste in den dunklen Himmel streckten.

Inzwischen fiel der Schnee so dicht, dass Sannas rote Jacke schon ganz weiß war, ihre Schuhsohlen knirschten beim Gehen, der Boden war ebenmäßig mit dem weißen Pulver bedeckt. Sie war immer noch begeistert, und Bassam war froh, dass seine kleine Schwester anscheinend keine Angst hatte, war er mit seiner eigenen Angst doch schon beschäftigt genug.

Der Weg führte ein wenig aufwärts, und warum Bassam in diese Richtung ging, konnte er nicht sagen. Vielleicht dachte er, dass man von oben einen Überblick haben und er dann den Weg nach Hause finden würde. Hinter ihnen sah man die Fußspuren nur noch ganz kurze Zeit, so rasch wurden sie vom Schnee bedeckt.

»Ich sehe keine Häuser mehr, Bassam.«

»Vielleicht sind nur die Gärten hier so groß, dass wir sie wegen des Schneiens nicht sehen können.«

»Ja, Bassam.«

»Wir werden jetzt den Weg zurückgehen und die Straßenbahn suchen. Ich habe zwar keinen Fahrschein mehr, aber ich kann ja den Leuten erzählen, dass wir uns verlaufen haben.«

»Wo sind wir denn, Bassam?«

»Ich weiß es nicht, aber ich bring dich schon heim.«

»Ja, Bassam.«

Doch sie fanden nicht mehr zurück zur Station, rings um sie herum war nichts als das brennende Weiß, überall das Weiß, das einen immer kleineren Kreis um sie zog und dann in einen lichten, streifenweise niederfallenden Nebel überging, der alles Weitere verhüllte.

Irgendwo waren die Kinder falsch abgebogen, und so liefen sie immer weiter weg von der Station, deren Straßenbahn sie wieder zurück in die Stadt gebracht hätte. Niemand war auf den Straßen, sie sahen kaum Häuser und stapften leicht bergan durch das dichte Schneetreiben. Das kleine Mädchen ging ohne Murren neben Bassam, bemüht, mit ihm Schritt zu halten. Er wechselte immer wieder die Hand und wies seine kleine Schwester an, die andere in die Jackentasche zu stecken, damit sie nicht zu kalt werde. Irgendwann blieb er stehen, hängte seinen Anorak an einen Gartenzaun, befahl Sanna, es ihm mit ihrem Jäckchen gleichzutun, schlüpfte aus seinem Kapuzenpulli und streifte ihn Sanna über den Kopf, bevor er die Jacke wieder über sein T-Shirt zog. »Der ist mir doch viel zu groß«, kicherte sie und schlenkerte mit den Ärmeln. »Das macht nichts«, sagte Bassam, half ihr, die Jacke wieder anzuziehen, und klopfte den nassen Schnee von ihrer Mütze. »Steck jetzt schön deine Hände in die Ärmel, sonst erfrieren sie.«

Inzwischen war es ganz und gar dunkel geworden, die Kinder wussten nicht, wie lange sie schon unterwegs waren, und vor allem Sanna war erschöpft. »Sind wir bald zu Hause?«, fragte sie den Bruder, der erneut versuchte, sie zu beruhigen. Längst hatte er keine Ahnung mehr, wo sie sich befanden, es sah hier überhaupt nicht mehr nach Stadt aus. Überall waren hohe Bäume, und nur selten sahen die Kinder ein Haus weit hinten in einem der parkähnlichen Gärten.

»Können wir nicht irgendwo klingeln und dann Mama anrufen?« Sanna war stehen geblieben und starrte durch ein hohes schmiedeeisernes Tor in einen Garten. Leuchtete da ein Fenster durch das Schneegestöber?

»Nein, Sanna, das können wir nicht.«

»Warum nicht?«

»Sie mögen uns nicht.«

»Wer mag uns nicht?«

»Die Österreicher, die hier wohnen. Sie mögen uns nicht. Das sagt die Mama immer.«

»Sie kennen uns gar nicht!«

»Das ist, weil wir Ausländer sind. Flüchtlinge.«

Bassam nahm Sanna noch fester an die Hand und führte sie schnellen Schrittes vom Zaun weg. Sie zog die Schultern hoch und folgte ihm.

Nur noch wenige Häuser sah man jetzt, und in der letzten Stunde war kein einziges Auto an ihnen vorbeigefahren. Sanna schien im Gehen zu schlafen und setzte müde einen Fuß vor den anderen; und so stark Bassam auch war, er konnte seine Tränen kaum mehr zurückhalten.

»Schau mal, Bassam, da vorne sind lauter kleine Lichter.«

»Wo denn, Sanna?«

»Na, da.« Sie war stehen geblieben und wies mit dem Arm nach vorne, der lange Ärmel baumelte nach unten.

Nun sah auch Bassam die vielen kleinen Lichter, die zwischen den Schneeflocken und der Dunkelheit flackerten, und ohne zu wissen, was das war, wurden die Kinder magisch davon angezogen. Als sie durch das schmiedeeiserne Tor getreten waren, blieben sie nach wenigen Schritten stehen und sahen sich um. Soweit das Auge reichte, sah man Steine, dazwischen Kreuze, die sich dunkel, fast schwarz gegen den Himmel abhoben. Und überall kleine Lichter, die flackernde Schatten auf die Steine warfen.

»Bassam, was ist das?«

»Das ist ein Friedhof, Sanna.«

»Was ist ein Friedhof?«

»Da werden die Toten begraben. Weißt du das denn nicht?«

»Doch, schon. Aber ich hab noch nie einen gesehen.«

Bassam überlegte kurz, dann fiel ihm ein, dass er in seiner alten Heimat öfter mit seiner Großmutter auf dem Friedhof gewesen war, um das Grab seines Großvaters zu besuchen. Sanna war damals noch gar nicht auf der Welt oder zu klein gewesen; und in ihrer neuen Heimat gab es kein Grab, das sie besuchen konnten.

»Schau mal, wie schön das ist.« Sanna ließ Bassams Hand

los und lief ohne Furcht zwischen den Gräbern davon. »Die Lichter, sie flackern so schön.«

»Sanna! Komm zurück! Es ist dunkel, du könntest verloren gehen. Das ist gefährlich!« Bassam rannte ihr nach, und seine Stimme war voller Angst.

Da holte er sie ein, und beide Kinder fanden sich am Abgrund einer tiefen Grube wieder. Sanna wankte ein wenig, Bassam zog sie zurück.

»Schau, ich sage ja, das ist gefährlich. Wir könnten in eine Grube fallen, dann tun wir uns weh und kommen nicht mehr raus. Weine nicht, ich bitte dich, weine nicht. Wir suchen uns einen trockenen Platz, und dann essen wir die Dinge, die uns die Khala mitgegeben hat.«

Er nahm die kleine Schwester am Arm und führte sie von der Grube weg in Richtung eines Gebäudes, das er ein Stück weiter weg gesehen hatte. Es war eine kleine Kapelle, und Bassam hielt den Atem an, als er die schwere Türklinke nach unten drückte. Sie gab nach, und die Tür öffnete sich langsam, nachdem er mit seinem ganzen Gewicht dagegengedrückt hatte.

»Schau, Sanna, jetzt wird alles gut. Da drinnen ist es ein bisschen wärmer, da können wir uns den Schnee abschütteln und unsere Brote essen. Vielleicht finden wir auch etwas zu trinken.«

»Ja, Bassam.«

»Komm, ich schüttle dir den Schnee ab, damit du nicht ganz nass wirst. Und dann setzen wir uns hin und essen.«

»Ja, Bassam.«

»Wir dürfen aber nicht schlafen, es ist zu kalt. Ich hab in

einem Buch gelesen, dass man erfrieren kann, wenn man einschläft.«

»Nein, ich werde nicht schlafen«, sagte das Mädchen matt.

Erst als sie sich hingesetzt hatten, merkten sie, wie müde sie inzwischen waren. Bassam wickelte die Brote aus dem Papier, auch zwei Mandarinen und eine kleine Tafel Schokolade waren dabei. Sanna aß begierig, erst eines der Brote, dann von dem zweiten auch noch einen Teil. Den Rest reichte sie Bassam, als sie sah, dass er nicht aß. Er nahm es und aß es auf. Von da an saßen die Kinder und schauten sich um.

»Können wir uns auf eine Bank setzen?«, fragte Sanna. Sie stellte sich in den Mittelgang und streckte die Arme in beide Richtungen aus. »Warum sind hier so viele Bänke? Ist das eine Schule?«

»Nein, du Dummerchen. Das ist eine Kirche. Hierher kommen die Menschen, um zu Allah zu beten. Und in den Bänken können sie sitzen.«

»Aber in der Moschee gibt es keine Bänke. Ich bin kein Dummerchen.«

»Ja, du hast recht. Das ist aber auch eine Kirche und keine Moschee.«

Sie kletterten in die hintere Reihe, Bassam stellte seine Füße auf das kleine Bänkchen, und Sanna lehnte sich an ihn.

»Ich werde dir eine Geschichte erzählen, damit du nicht einschläfst.«

»Ja, Bassam.«

Er erzählte ihr von ihrem Haus in Aleppo, von den weißen Mauern, die den Hof umschlossen, und von den Orangenbäumen, die im Garten wuchsen. Von der Großmutter, deren Bild in seinem Inneren immer mehr verblasste, und von den Ausflügen ans Meer, die sie manchmal unternommen hatten. Nach einer Zeit empfand er ein sanftes Drücken gegen seinen Arm, welcher immer schwerer wurde. Sanna war eingeschlafen und lehnte sich an ihn.

»Sanna, schlaf nicht, ich bitte dich, schlaf nicht«, sagte er.

»Nein«, lallte sie schlaftrunken, »ich schlafe nicht.«

Er rückte weg von ihr, um sie in Bewegung zu bringen, sie aber sank um und hätte auf der Bank liegend weitergeschlafen, wenn er sie nicht an der Schulter genommen und gerüttelt hätte. »Komm, Sanna, wir sehen uns die Kirche jetzt an. Wir gehen rundherum und schauen uns alle Bilder an. Dann werden wir wieder wach.«

»Ich mag nicht mehr gehen, Bassam. Ich bin so müde, und kalt ist mir auch.«

»Ja, Sanna, ich weiß. Aber ich zeig dir alles, schau mal, da sind Bilder von Engeln, und diese Frau da, das ist die Maria.«

»Wer ist Maria?«

»Ich weiß es auch nicht genau. Die Mama von Jesus.«

»Ich will zu Mama, Bassam.« Das Wort *Mama* war wohl zu viel für Sanna, sie zog den Kopf zwischen die Schultern und begann zu weinen.

»Ich weiß, hör auf zu weinen. Bald ist die Nacht vorbei, dann gehen wir den Weg wieder zurück und fragen jemanden. Mama sucht uns sicher schon überall, und Papa auch.«

Sie waren seitlich an den Bänken vorbeigegangen, magisch angezogen von dem großen Tisch ganz vorne, von den Blumen und den Kerzen. Und weil es so dunkel war, sahen sie den großen Baum erst, als sie direkt davorstanden. Geschmückt mit Strohsternen und silbernen Kugeln stand der Tannenbaum links vor dem Tisch. Sanna blieb ehrfürchtig stehen, streckte immer wieder ihre kleine Hand aus, berührte eine Kugel, strich über einen der Zweige, und dann begannen ihre Augen zu leuchten. Bassam sah es, obwohl es so dunkel war. Er folgte ihrem Blick und entdeckte das Baby, das in einer Futterkrippe lag, daneben ein Mann und eine Frau, die sich über das Kind beugten. Natürlich wusste Bassam, dass es keine echten Menschen waren, sie waren ja auch viel kleiner und aus Holz, aber trotzdem. Das Kind hatte große blaue Augen und Locken und sah so schön aus, dass man meinen konnte, es schliefe da wirklich ein Kind auf seinem Bett aus Stroh. Sanna stieg über den kleinen Zaun und hockte sich direkt vor das Kind, gleich neben seine Mutter aus Holz. Und obwohl Bassam wusste, dass dies bestimmt verboten war, sagte er nichts und tat es seiner Schwester gleich. »Schau mal, Bassam, da ist auch eine Kuh und ein Esel, und das Baby liegt auf einer Decke.« Das Mädchen berührte das Gesicht des Kindes so vorsichtig und zärtlich, dass man meinen konnte, sie glaubte, es wäre ein echtes.

Vergessen schienen die Kälte und die Müdigkeit, Sanna hockte glückselig vor der Krippe und betrachtete alles genau. »Was macht das kleine Baby hier, Bassam?«

Er erinnerte sich an die Geschichte von der Geburt des

Jesuskindes zu Weihnachten und dass seine Eltern arm und auf der Flucht gewesen waren, und dies versuchte er seiner Schwester so langatmig wie möglich zu erzählen, so dass sie alles andere ringsherum vergessen mochte. »Und deswegen feiert man hier Weihnachten, weil da das Jesuskind geboren wurde«, beendete er schließlich seine Geschichte. Da sagte Sanna:

»Wir waren auch auf der Flucht, oder? Als wir zu Papa gezogen sind, da waren wir auf der Flucht.«

Bassam sagte nichts, konnte er sich doch noch daran erinnern, wie die Mutter der kleinen Schwester damals immer von einer großen Reise erzählt hatte, einem aufregenden Abenteuer, aber Sanna hatte anscheinend genau gewusst, warum sie diesen langen Weg auf sich genommen hatten.

Wie er da so erzählte und auch ein wenig nachdachte, setzte sich Sanna auf den Boden und grub ihre Füße unter das Stroh, das rund um die Figuren ausgestreut war. Da kam Bassam eine Idee: Er schob das Stroh in einer Ecke zusammen, nahm das Jesuskind vorsichtig hoch und zog die graue Decke darunter hervor. »Da Sanna, hier kannst du dich hinlegen und ein bisschen schlafen, das Stroh ist weich, und ich decke dich damit zu.«

Die kleine Schwester sah ihn dankbar an und streckte sich im Nu aus. Er wickelte die Decke um ihren Körper, zog ihr die Kapuze über den Kopf und setzte sich ganz nah zu ihr. Sie plapperte noch ein bisschen über Weihnachten, dass sie auch einen Christbaum wollte und das Jesuskind liebte, und war in Windeseile eingeschlafen.

Bassam aber saß da, streckte seine kalten Füße ein wenig unter Sannas Körper, der sich schon viel wärmer anfühlte, und dachte nach. Was würden wohl Mutter und Vater jetzt tun? Wie spät mochte es nun sein? Mitten in der Nacht, das wusste er, aber waren sie schlafen gegangen? Suchten sie nach ihnen? Gemeinsam mit der Tante? Doch wo sollte man sie denn suchen, in dieser großen Stadt. Er wusste ja gar nicht, ob sie überhaupt noch in der Stadt waren, schließlich sah das hier alles so anders aus. Würden sie mit ihm schimpfen? Ihm die Schuld geben? Vielleicht waren sie auch zur Polizei gegangen, obwohl er das nicht glaubte, denn er wusste, dass seine Eltern Angst vor der Polizei hatten, auch wenn sie das nie sagten. Aber er spürte das, wie sie ihn immer an der Hand nahmen, wie sie schnell die Straße überquerten, wenn der Polizist am Weg zur Straßenbahn an der Ecke stand, obwohl dieser ihn schon einmal freundlich angelächelt hatte.

Ein ganz kleines bisschen würde er jetzt auch die Augen zumachen, hier war es ja wärmer, sie würden schon nicht erfrieren, und Sanna hatte er fest eingewickelt. Morgen früh, wenn es hell war, dann würde er den Weg finden, dann würde er jemanden fragen und seinen Eltern alles erklären …

»Oh mein Gott! Was ist das denn?«

Bassam schreckte aus dem Schlaf hoch und sprang auf die Beine, die fast unter ihm nachgaben, so kalt waren sie inzwischen geworden. Vor ihm stand ein großer, dicker Mann mit einem Bart und starrte ihn an. Für einen Moment bewegte sich keiner von ihnen, Bassam war wie gelähmt. Es fiel ihm auch kein einziges Wort ein, zumindest nicht in der Sprache, die der Mann verstehen würde. Und dann bewegte sich Sanna zu seinen Füßen, wühlte sich aus ihrer Ecke, setzte sich auf, gähnte und streckte die Arme von sich, gerade so, als wäre sie zu Hause in ihrem eigenen Bett und müsste jetzt aufstehen, um in den Kindergarten zu gehen.

»Was, in Gottes Namen, macht ihr hier, Kinder? Was macht ihr in unserer Krippe?«

»Wir sind Bassam und Sanna und haben uns verlaufen«, antwortete Bassam in seinem besten Deutsch, und Sanna riss die Augen auf und fragte:

»Bist du Gott?«

INGRID KALTENEGGER

Momenti divini

Nel mezzo del cammin di nostra vita
mi ritrovai per una selva oscura
chè la diritta via era smarrita.

Auf der Hälfte des Weges unseres Lebens
fand ich mich in einem finsteren Wald wieder,
denn der gerade Weg war verloren.

Die Göttliche Komödie, Inferno, Dante Alighieri

Ich hätte darauf bestehen sollen, dass Nico die Funzel im Flur austauscht.

»Die Decke ist fünf Meter hoch, Carmen, und eine Energiesparbirne hält ewig.«

Dadurch unterscheidet sich die Energiesparbirne von allem anderen. Die Leiter hat er mitgenommen.

Ein handgeschriebenes Kuvert unter den Rechnungen und Prospekten. Die Musikschule. Immerhin. Wünscht mir ein frohes Fest und hofft auf gute Zusammenarbeit im neuen Jahr. Aha.

Kann ins Altpapier.

Ich schlüpf aus den Stöckeln und trage die Einkäufe ins Wohnzimmer. Billa, Billa, Sapori d'Italia, Douglas, Douglas, Douglas, Brot. Eine der nachhaltigen Tragetaschen bleibt aufrecht stehen. Da ist Tonicwater drin, eine Gurke und zwei Flaschen Gin, in Geschenkpapier. Mit Selbstbetrug hat das nichts zu tun. Selbstschutz trifft es eher. Du weißt nie, wer dich beim Einkaufen sieht. Deshalb auch die Pumps, au.

In der Tasche vom italienischen Feinkosthändler nur eingelegtes Gemüse in durchsichtigen Plastiktöpfchen – die Oliven, der Wahnsinn – und ein Panettone. Den hat mir die Verkäuferin dazugepackt, strahlend, diesen Kuchen in der Schachtel. Als Geschenk für *treue Kundinnen.* Dabei war ich das ganze letzte Jahr nicht dort. Außerdem mag ich keine Aranzini. Rosinen auch nicht. Trockenfrüchte generell.

Apropos.

Bei Douglas verpacken sie die Geschenke heuer mattschwarz mit glänzenden Schleifen. Eigentlich wollte ich nur die Meeresalgenmaske kaufen. Ich weiß wirklich nicht mehr, was in den sechzehn anderen Päckchen ist. Umso besser, Überraschung muss sein.

Ah, das Badekugel-Sortiment. Hübsch. Sehen aus wie Pralinés oder kleine Törtchen aus Seife, in Blüten gewälzt. Zimt, Orange, Vanille. *Divine Moments.* Da fällt mir auf, es ist ja still.

Ausnahmsweise hämmert keine elektronische *Dance Music* zu mir herunter. Sie werden zu Hause feiern, die Studenten. Mit ihren Eltern, die völlig versagt haben, nicht nur, aber vor allem, in der musikalischen Erziehung ihrer Kinder.

Alle sind bei den Eltern oder den Kindern, wie Frau Neher, die im zweiten Stock wohnt und immer sagt, dass sie der Lärm nicht stört.

Stille. Wenn das kein Grund zum Feiern ist. Prost.

Seit Nico weg ist, höre ich fast überhaupt keine Musik mehr. Auf dem Handy, wenn überhaupt. Schon über ein Jahr.

Das Schlimmste war sein Glück. Er hat versucht, es sich nicht anmerken zu lassen. Ein schuldbewusstes Gesicht gemacht, aber gepfiffen. Wie er das CD-Regal ausgeräumt hat. Gepfiffen vor Glück und weit mehr mitgenommen, als ihm gehört hat. Egal, die *Zauberflöte* mit Lucia Popp als Königin gibt's auf Youtube auch.

Ich könnte ihn anrufen. Wo ich das Handy schon in der Hand hab, mein ich. Ja, nein, die Therapeutin wär nicht dafür.

Wir haben Weihnachten gefeiert, wir zwei Waisenkinder – legendär. *Bei Carmen und Nico biegt sich der Tisch.* Wer am Heiligen Abend bei uns war, hat gewusst, dass er für den 25. besser keine Termine annimmt. Wenn ich fürs Weihnachtsoratorium gebucht war – in der ersten Hälfte sind ja nur wenige Sopranpassagen –, hab ich oft noch spontan Kollegen mit nach Hause gebracht. Nico hat am 24. immer schon pausiert. Das hat er sich geleistet, obwohl er Blechbläser ist. Blechbläser + Weihnachtszeit = Goldgrube. Er hat den ganzen Tag gekocht: koscher, halal, vegan, egal. Jedes Mal hab ich gedacht, es wär viel zu viel, aber irgendwann, gegen Morgen, war alles weg. Und immer hat's geschneit.

Ha, natürlich nicht, aber einmal haben wir eine Schneeballschlacht gemacht. Dabei ist Nico ausgerutscht und hat sich den kleinen Finger gebrochen. »Für jeden anderen Musiker eine Katastrophe«, hat er verkündet, »nur nicht für den Posaunisten!« Er hat ein paar Ibuprofen mit Obstler hinuntergespült und weitergefeiert bis zum Morgen.

Wir waren uns einig. Erst die Karriere, dann ein Kind. Beide. Und als es so weit war, die Nudeln und der Hoferwein abgelöst wurden von gebeiztem Lachs und dem Morillon, da waren meine Pap-Werte so schlecht, dass mir die Frauenärztin riet, mich am besten von meiner Gebärmutter zu verabschieden. Verkürzt ausgedrückt. Das muss ungefähr die Zeit gewesen sein, in der Nico mit Elsa Bekanntschaft machte. Und mit ihrer Gebärmutter.

»Carmen! Was gibt's?«

Ich hab nicht damit gerechnet, dass er rangeht. Man kann hören, wie mein Herz an meinen Kehlkopf schlägt, als ich »Hallo, Nico« sage. Im Hintergrund kräht etwas. Das muss das Kind sein. Ich ziehe die Mundwinkel nach oben. Auch ein gezwungenes Lächeln hilft gegen einen bitteren Tonfall. »Ich wollte nur schnell frohe Weihnachten wünschen, bevor die Gäste kommen.« Seit Tagen denke ich darüber nach, wen ich eingeladen haben könnte: Andrea, Sybille und Claudio. Zu denen hat er keinen Kontakt. Umsonst, er würgt mich ab, freundlich. »Die Gans.«

Freundlich abgewürgt ist auch tot. Die Gans könnte ein Lied davon singen.

Ich geh in die Knie. Leg mich auf den Boden. Platz ist genug, seit er den Flügel abholen lassen hat. Meine Finger streichen über die Abdrücke der Rollen im Teppich, wo sich die Fasern einfach nicht mehr aufrichten wollen. Elsa. Kind. Gans. Kirche. Natürlich, schon wegen der Schwiegereltern, unwesentlich älter als er. Die singen dort im Chor. Das gönn ich ihm.

Meine Therapeutin rät zu *radikaler Akzeptanz*. Es sei nun einmal alles nicht zu ändern, und ich müsste doch jetzt langsam sehen, wie ich zu meiner alten Stärke zurückgelange. Sie hat ja recht. Aber mir geht's da wie dem Teppich.

Während ich mich mit dem Gedanken anfreunde, hier liegen zu bleiben, für immer, höre ich, dass die Studenten über mir doch nicht verreist sind. Ebenso wenig sind sie auf wundersame Weise plötzlich rücksichtsvoll geworden. Wieso auch? Sie sind Teil dieser Welt, und die hat sich zur Aufgabe gemacht, mir zu zeigen, wie wenig Wert sie auf mein Dasein legt.

Aber noch bleibt mir Badezusatz in Pralinenform. Noch bleiben mir die Wirkstoffe der Meeresalgen, die die Tiefe meiner Falten in fünf Wochen um dreißig Prozent reduzieren. Noch bleibt mir ein Gin Tonic am Badewannenrand, der in weit kürzerer Zeit das Gegenteil schafft. Noch bleiben mir Lucia Popp, mein Handy und sieben Prozent Akkuleistung.

Wenn ich das Handy auf ein Handtuch lege, während es am Strom hängt, kann eigentlich nichts passieren. Und nein, ich bin nicht selbstmordgefährdet, jedenfalls nicht, solange ich Lucia Popp höre und nicht EMD.

»Tod und Verzweiflung«, singt die Königin der Nacht. Eines der Törtchen verbreitet Zimt-Lavendelaroma im Badewasser. Ich höre nicht, aber ich sehe, wie es von Bässen erschüttert wird, wie die Lavendelschiffe auf dem Weg um meine Knie- und Buseninseln in Seenot geraten. An der Decke brauen sich dunkle Wolken zusammen. Ist das ein Wasserschaden? War der schon immer? Ich glaube nein. Sieht dramatisch aus. Es müsste einiges getan werden, in der Wohnung. Aber wie, bitte, ohne Leiter?

Was veranstalten die da über mir? In immer schneller werdendem Rhythmus rutschen der Gin Tonic auf der einen Seite und auf der anderen das Handy dem Abgrund entgegen. Ich rette das Handy. Die Therapeutin würde das als einen Schritt in die richtige Richtung bezeichnen. Ein Drink, der ins Badewasser fällt, ist lang nicht so schlimm wie ein Handy am Stromkabel. Ärgern tut's mich trotzdem.

»Hört!«, schmettere ich mit Lucia Popp, »hört, Rachegötter!« Im Bad war schon immer die beste Akustik. Oben zeigen sie sich unbeeindruckt.

Es rumpelt und stampft unverändert weiter. Das geht zu weit. Ich war auch jung und rücksichtslos, aber so jung und rücksichtslos war ich nie. Ich wische mir also Meeresalgen im Wert von ungefähr sechzig Euro aus dem Gesicht – Wirkung gleich null –, schlüpfe in den Bademantel und stapfe ein Stockwerk höher.

Ich klingle. Es zieht im Hausflur. Meine Haare tropfen auf den Terrazzoboden. Mir egal. Ich war schon immer weniger erkältungsanfällig als andere Sängerinnen. Ich klingle, bis jemand die Tür aufmacht.

Ein Mädchen. Auf den zweiten Blick: junge Frau. Eine von denen, die nach dem Ausweis gefragt werden, wenn sie Alkohol kaufen, bis sie dreißig sind.

»Was?«, formulieren ihre Lippen. Hören kann ich sie nicht in dem Lärm, aber sie hat eine ausdrucksstarke Gestik, muss man ihr lassen. Ich schau sie finster an. Was glaubt sie wohl, was?

Sie verschwindet, die Tür lässt sie weit offen, dreht die Lautstärke etwas zurück. Der Flur ist derselbe wie meiner, eigentlich. Nur sind die Wände hier altrosa gestrichen und in fünf Metern Höhe verströmt ein Kristalllüster eine Atmosphäre wie frisch gebackener Kuchen. Es müsste umgekehrt sein. Hier die Funzel im staubigen Lampion und unten bei mir das einladende Kristall.

»Komm ruhig herein«, sagt die Mädchenfrau mit einer Stimme, wie nur Italienerinnen sie haben. Für drei Wörter verschwendet sie eine ganze Tonleiter und knarzt zwischendurch wie eine alte Tür. So weit kommt's noch, denke ich. Und merke, dass ich schon in ihrem Flur stehe. Vor der Statue eines gelben Elefanten, der Flöte spielt.

»Das ist Ganesha. Ich bin Francesca.«

Francesca sieht mich mit grünen Augen an und schiebt die viel zu langen Ärmel ihres Pullovers hoch, die sofort wieder über ihre kleinen Hände fallen. Bezaubernd, aber nicht mich.

»Ich verstehe, dass ihr feiern wollt, Francesca«, sage ich streng, »aber das ist zu laut. Ich erwarte Freunde.« Hab ich das nötig, sie anzulügen? Wenigstens findet meine imaginäre Gästeliste noch Verwendung: »Andrea, Sybille und Claudio.«

»Ich bin alleine«, klärt Francesca mich auf. Und dann: »Jemand schreit immer im Haus.«

In diesem Haus schreit niemand, das weiß ich genau. Die junge Frau ist verrückt. Sie hört Stimmen. Schade.

»Ja. Sehr laut und hoch«, sagt Francesa.

Ich ahne, was sie meinen könnte. Oder wen.

Und drehe mich zum Gehen.

Aber dann überlege ich es mir anders.

»Das ist nicht Schreien«, sage ich und singe ihr ein dreigestrichenes D entgegen. Nicht schlecht, so aus dem Stand. Die Akustik ist im Stiegenhaus noch besser als im Bad.

»Schreien klingt anders«, und dann schreie ich in ihr verdutztes Gesicht: »Aaaaahhh!«

Das hätte ich längst tun sollen. Mehr schreien. Mit dem Besenstiel an die Decke pumpern, wenn oben die Bässe stampfen, und »Ruuuheee!« schreien. Den Eltern in der Musikschule über den Gang entgegenschreien: »Nein! Edgar kriegt kein Solo!« Und Nico durchs Telefon anschreien: »Bring die Leiter zurück, du Lulu!«, anstatt hauszuhalten mit meiner Wut, sie zu schonen wie meine Stimme, damit sie mir nicht etwa verloren geht.

Einen göttlichen Moment nach dem anderen lasse ich ins Badewasser plumpsen. Das Glas, das auf den Boden gesunken ist, fische ich heraus und mixe mir einen neuen Drink.

Die Gurkenscheibe schwimmt vorbei. Ich lege sie mir aufs rechte Auge. Das Haus vibriert immer noch leicht von der Musik der kleinen Italienerin, aber ich höre jetzt auf dem Handy die Callas Platinum Collection und singe lauthals mit. Jetzt könnte man, geb ich zu, es durchaus als Schreien bezeichnen. Aufgrund der Kopfhörer leidet die Intonation, dazukommt der Zorn. Ich schreie den Schmerz der Weltgeschichte aus mir heraus, die Norma, die Mimi, die Butterfly und ja, die Carmen. So werde ich diese Heilige Nacht verbringen, schreiend in der Wanne, in regelmäßigen Abständen heißes Wasser zulaufen lassen, ab und zu das Gurkenauge wechseln und morgen früh heiser sein oder untergegangen.

Es klingelt.

Diese jungen Dinger haben wirklich Nerven. Oben rattern die Beats, aber soweit ich das durch die Kopfhörer beurteilen kann, hört das Klingeln nicht auf.

Ein zweites Mal werfe ich mich in den Bademantel – der ist komplett durchnässt – und öffne die Tür.

Francescas Augen funkeln mich an. »Ich habe leiser gemacht, Sie müssen auch leiser machen.«

Sein wäre richtiger, denke ich, gehe aber großzügig darüber hinweg, weil ich ihr ansehe, wie viel Überwindung sie das gekostet hat. Sie hat gewartet, bis es nicht mehr ging.

»Es ist Weihnachten!« Sie hat Schwierigkeiten, das Wort auszusprechen.

Eine ungewohnte Milde überschwemmt mich. Ich möchte ihr etwas schenken. Das ist der Geist der Weihnacht. Oder der Gin. Ich rausche ins Wohnzimmer, greife mir das erstbeste Paket und schwenke im Zurückkommen den Panettone am Bändchen.

»Buon Natale«, wünsche ich und werte es als Kompliment für meine Aussprache, dass sie automatisch »Grazie altretanto« antwortet.

Sind das Tränen in ihren Augen? Hervorgerufen vom Anblick einer Kuchenschachtel? Was macht dieses Mädchen bloß zu Weihnachten ganz allein in einer fremden Stadt? Denn auf den dritten Blick ist sie eben doch ein Mädchen. Zwanzig, höchstens. Hat ihre katholische Familie sie verstoßen, weil sie zum Hinduismus übergetreten ist? Jetzt wäre ein guter Moment, sie hereinzubitten und das herauszufinden.

Ich lasse den Moment verstreichen, sehe zu, wie Francesca, ohne die Augen vom Panettone zu lösen, in den ersten Stock hinaufsteigt. Wenn sie der Anblick des Aranzini-Ziegels schon zu Tränen rührt, nicht auszudenken, was erst die Oliven in ihr auslösen würden. Oder die eingelegten Champignons.

Ich könnte mir ein paar davon herrichten und mitnehmen in die Wanne.

Ich gehe im Wohnzimmer die verbliebenen CDs durch. Irgendetwas wird Nico ja dagelassen haben, etwas Stilles, Besinnliches. Im Haus gegenüber zündet eine Frau die Kerzen am Baum an. Ich seh ihr zu, seh sie lächeln über die Freude, die sie ihrer Familie macht, die sie dafür noch mehr lieben wird als ohnehin schon, das ganze nächste Jahr.

Und in dieses friedliche, lediglich von einer winzigen

Prise Neid getrübte Bild bricht ein Rumms, aber ein so gewaltiger, wie ich ihn im Leben noch nicht gehört habe. Begleitet von einer Erschütterung, die mich, die Möbel und die geknickten Teppichfasern für einen Moment vom Boden abheben und schweben lassen. Flaschen fallen um, Bücher aus dem Regal. Ich kann gar nicht sagen, wo der Lärm herkommt, bis ich den Staub sehe, der aus dem Bad über den Flur ins Wohnzimmer rollt.

In meiner Badewanne liegt eine Waschmaschine.

Daneben schwimmen Fliesen, Scherben, Dielen, Schutt und eine einsame Gurkenscheibe. An der Decke, wo vorhin das Wolkengebilde zu sehen war, ist der Himmel jetzt aufgerissen. Aus dem ersten Stock stürzt Wasser herunter, das den Staub dämpft und in Schlamm verwandelt, bevor es weniger wird und schließlich nur noch tröpfelt.

»Francesca!«, rufe ich.

Oben rührt sich nichts.

»Francesca?«

Ich lauf aus der Wohnung, ein paar Stufen hinauf. Frau Neher, die Nachbarin aus dem zweiten Stock, kommt mir entgegen. »Da ist keiner«, sagt sie, »die sind weggefahren. Zu den Eltern.«

»Ja, Frau Neher, haben Sie den Lärm nicht gehört?«

Sie nickt mir zu und geht mit ihrer Tasche voller Friedhofskerzen an mir vorbei. Mir schießt ein Gedanke ein, der hebt mir kurz den Magen aus: Warum bin ich Francesca vor heute Abend noch nie im Stiegenhaus begegnet? Frau

Neher hört schlecht, aber kann einer überhören, dass das Haus fast zusammenstürzt? Bin etwa ich die Verrückte in dieser Geschichte? Welche Zwanzigjährige sitzt denn bitte am Heiligen Abend zu Hause und wäscht?

Ich muss zurück in meine Wohnung und herausfinden, ob ich spinne oder nicht, dringend. Es erleichtert mich irgendwie, als ich sehe, dass wenigstens die Waschmaschine noch da, das Bad immer noch verwüstet ist. Und jetzt? Ich muss etwas Trockenes anziehen. Den Vermieter anrufen. Die Feuerwehr. Nur, mein Handy liegt irgendwo in diesem betörend duftenden Inferno.

»Besser, du sagst Claudio, Andrea und Sybille ab«, rät mir eine Stimme von oben.

In der Lücke, eingerahmt von gesplittertem Holz und Putz, schaut Francesca mit großen grünen Augen zu mir herunter. Dann geht im ganzen Haus das Licht aus.

»Weg da, das ist gefährlich!«, schreie ich, schriller als ich möchte. Weil ich Angst um sie hab. Wenn Francesca nicht bloß aus einem italienischen Phantasiejenseits erschienen ist, um mich vor einem ebenso lächerlichen wie grausamen Tod zu bewahren, ist die Gefahr noch nicht gebannt. Lebendige Menschen können abstürzen, sich verletzen oder wer weiß was. Hierbleiben können wir jedenfalls nicht.

Im Schein von Francescas Handy finde ich alles, was ich brauche: meine Kleider, meine Einkaufstaschen und sogar ein Hotel. Nur ein paar Häuser die Straße hinunter. Ich schwöre, dass ich es zum ersten Mal im Leben sehe. Der Portier ist auch überrascht, als wir auftauchen. Ich kann's ihm nicht verdenken. Francesca sieht aus, als sei sie in der Wäsche eingelaufen. Über ihrem Oversize-Pullover trägt sie einen Mantel und Stiefel von mir. Meine nassen Haare sind mit Bauschutt paniert, aber der Geruch, den wir verbreiten – göttlich. Zimt, Lavendel, Bitterorange und ein Hauch Meeresalge. Vielleicht leiht uns der Portier deshalb seinen LED-Adventskranz. Mit Flackereffekt.

Francesca und ich teilen uns ein Zimmer. Wir teilen uns die Antipasti, die Einsamkeit, die Geschenke und den Gin. Zuerst sieht es aus, als wäre viel zu viel von allem da. Aber wie das immer so ist, irgendwann gegen Morgen ist alles weg.

BERND GIESEKING

Der liebe Augustin oder: Mit Gott in der Sauna

Kinder, kommt und ratet,
Was im Ofen bratet!
Hört, wie's knallt und zischt!
Bald wird er aufgetischt
Der Zipfel, der Zapfel,
Der Kipfel, der Kapfel,
Der gelbrote Apfel.

Der Bratapfel, Fritz und Emily Kögel

Ich werde mich wohl nie daran gewöhnen, mit Gott zusammen in der Sauna zu sitzen. Schwitzen mit Gott ist für mich immer noch eine irritierende Angelegenheit. Es kommt ohnehin selten vor, dass man mit dem eigenen Chef in die Sauna geht, jedenfalls wenn man aus Deutschland kommt. Gerade schlägt sich Gott wieder mit dem Birkenstrauß, den er vorher in warmes Wasser getaucht hat. Er brummt zufrieden.

Wir wohnen in diesen Tagen in einer riesigen Blockhütte mit einer gigantisch großen Sauna, versteckt auf dem Korvatunturi, dem »Ohrenberg«, im finnischen Lappland. Dieser Berg ist neben den verschiedenen Weihnachtspostämtern der wichtigste Ort europäischer Weihnachtsmythen. Hier oben, so erzählt man es den Kindern in Finnland und

Nordeuropa, sitzt der Joulupukki, der Weihnachtsmann, mit seinen Joulutonttus, den Weihnachtswichteln. Sie hören weltweit den Kindern zu, das ganze Jahr, und sie notieren sich, ob alle brav gewesen sind. Sie sammeln natürlich auch die Wunschzettel ein, basteln daraufhin die Weihnachtsgeschenke und machen sie »schlittenfertig« für die Weihnachtsnacht.

Heute sitzen hier nur er und ich. Gestern, am Tag unserer Anreise, waren wir alle zusammen in der Sauna. Sämtliche Weihnachtsmänner weltweit. Es gab Jahre, da passten wir kaum alle hinein, aber wir werden weniger. Mittlerweile sitzen wir entspannt und mit reichlich Platz auf den Bänken. Wir schwitzten gestern gemeinsam, ein jährliches Ritual, und das Wasser lief in Strömen an uns herunter, an mir noch mehr als an den anderen. Für mich als Deutschen bleibt die Sauna weiterhin ungewohntes Terrain.

Gott macht immer die Aufgüsse. Und er hat sichtlich Spaß daran, jedes Jahr aufs Neue. Am ersten Tag gehört der Saunabesuch unabwendbar dazu. Außerdem das traditionelle Wiegen. Wir müssen jedes Jahr wieder auf die Waage. Noch vor dem Saunagang. Und wehe, man wiegt zu wenig! Dann fängt Gott an, dich zu mästen. In einer Reha ernährt man sich normalerweise kalorienreduziert, hier passiert genau das Gegenteil. Unterhalb eines Bodymaß-Indexes von 28 sieht man echt alt aus als Weihnachtsmann. Jedenfalls in den Augen des Chefs. Gott sagt immer: »Wie ihr das Jahr über rumlauft, ist mir egal, aber zur Arbeit hat jeder von euch einen ordentlichen Ranzen, der über dem Gürtel hängt! Oder ich kürze euch die Zulagen.«

Dieses Jahr war das bei mir echt knapp. Ich hatte das Jahr über abgenommen, auch um meiner Freundin zu imponieren. Isabel. Aber zu ihr später mehr. Wir Weihnachtsmänner leben nicht gerade mönchisch, aber im Grunde besteht trotzdem eine Art Heiratsverbot. Eine Art Zölibat, ähnlich wie bei katholischen Priestern, nur aus anderen Gründen. Eher der Geheimhaltung wegen – denn in jeglicher Beziehung ist ein solcher Beruf nur schwer vermittelbar, egal ob Ehe oder Partnerschaft, egal wie legalisiert oder locker. Von unserem Job kannst du eigentlich niemandem erzählen. Und wir dürfen das auch nicht. Das steht in unseren Statuten. Wir sind einerseits also eine Art Geheimbund, andererseits aber auch ein Wirtschaftsunternehmen.

Der Boss hat in den letzten Jahren immer konsequenter versucht, für den Laden, der ja schon einige Jahrhunderte hinter sich hat, eine moderne Betriebsführung zu entwickeln. »Agiles Management« nennt er das und trägt diesen Begriff wie ein Mantra durch jede Sitzung. Ich bezweifle, dass er selbst weiß, was er damit meint. Anfangs hatte er immer wieder Gastdozenten von irgendwelchen Wirtschaftsberatungen eingeladen. Die waren aber eher teuer als klug, so dass Gott irgendwann verkündete: »Man muss manche Sachen auch mal lassen, wie sie sind!«

Andererseits ist er stur, weswegen er die Seminare nun selbst und ohne Input von außen durchführt, was thematisch und methodisch zu gewissen Redundanzen führt. Er meint aber, unsere Effizienz mit den bisherigen Maßnahmen bereits um 23 % gesteigert zu haben. »Wir sind ein Unternehmen wie jedes andere, und am Ende geht es um die Zahlen!«, sind seine Worte, seit er diese Workshops vor einigen Jahren eingeführt hat.

Es gibt immer einen besonderen Themenschwerpunkt, d. h. wenigstens die Überschriften wechseln, wenn auch die Inhalte sich sehr ähneln. Digitalisierung war letztes Jahr dran. »Weihnachten 2.0 – Das digitale Fest zwischen Wunschzettel per WhatsApp und LED-Beleuchtung am Weihnachtsbaum.« Das war durchaus zeitgemäß und dringend nötig, wie ich fand, weil immer mehr Kinder ihren Wunschzettel, wenn überhaupt, online einsenden oder oft nur in die Familiengruppen bei WhatsApp stellen. Im Jahr zuvor stand »Weihnachtsmänner in der Wahrnehmung der Medien und die Aspekte des Tierwohls unter besonderer Berücksichtigung der Rentierhaltung« auf der Tagesordnung. Das war gerade im ersten Teil sehr allgemein gehalten und im zweiten Teil eine ziemliche Anbiederung an die Türschützer. In diesem Jahr lautet unser Thema: »Corona und Chorgesang – Die Anforderungen der Pandemie und die Aktualität des traditionellen weihnachtlichen Liedguts.« Wir sind von solchen Themen eher genervt und nennen die Workshops intern »FdwPwr«, also »Für die weihnachtliche Praxis wenig relevant«.

Was mich allerdings noch mehr nervt, ist, allein mit dem Boss hier zu sitzen. Jetzt taucht Gott schon wieder die Kelle in den Holzeimer und gießt das Wasser genussvoll auf die heißen Steine. Es zischt. Ich ahne schon die Hitzewelle und beginne zu schwitzen, bevor sie mich erreicht. »Strafaufgüsse« nennt er sie, und sie machen ihm sichtlich Spaß. Dabei summt er: »O du lieber Augustin, in Sauna drin, Hitze schlimm.« Jetzt schaut er mich an und lacht laut auf.

An dieser Stelle sollte ich mich vorstellen, auch um Gottes Anspielung zu erklären. Ich heiße August. Gott und die Kollegen hier nennen mich allerdings allesamt und ohne Ausnahme »Augustin«. Einerseits in Anspielung auf den »lieben Augustin«, also eben jenen aus dem Volkslied, was mich zuerst sehr genervt hat, aber letztlich finde ich das besser, als wenn ich auch hier »der dumme August« gerufen worden wäre, wie früher in der Schule. Andererseits spielt Gott damit auf den gleichnamigen Roman von Horst Wolfram Geißler mit dem Untertitel »Die Geschichte eines leichten Lebens« an. Angeblich war es dieser Roman, der meine Eltern damals inspirierte, mich ausgerechnet August zu nennen, ein Name, der heute und zu Recht aus der Mode gekommen ist, genau wie Ulrich, Dieter oder Bernd. Auch Eichendorffs Taugenichts hatten meine Eltern begeistert gelesen und mir sein Leben als Folie für meines gewünscht, allerdings bleibt Eichendorffs Ich-Erzähler namenlos, so dass meine Erzeuger, die bei der Lektüre hauptsächlich auf Namenssuche für ihren Sprössling gewesen waren, am Ende etwas enttäuscht die Novelle beiseitelegten. Sie wünschten mir jedenfalls ein Leben so unbeschwert und leicht, wie es der Roman-Augustin führt – und tatsächlich finde ich mich dort in manchem wieder, nur dass ich kein Musiker wurde und auch keine Spieldosen bauen kann. Als ich dann aber, ebenso wie der

Romanheld, ohne jeden Ehrgeiz arglos durch mein Leben glitt, waren sie entsetzt. Ein Quell ständiger Streitereien! Aber wer hat den Namen denn ausgesucht?

Gott schüttelt angesichts meiner Gedanken über Herkunft und Namensgebung den Kopf. Ein Vorgang, den ich Ihnen gleich erklären werde. Er kennt das schon und macht lieber den nächsten Aufguss. Noch kurz ein paar allgemeine Informationen. Es ist heute der letzte Freitag im November. Gestern, wie gesagt, war der traditionelle Anreisetag, und die finnischen Kollegen hießen uns wie immer mit finnischem Lakritzschnaps willkommen. Die Finnen stellen bei uns die Mehrzahl. Ich bin mittlerweile der einzige deutsche Weihnachtsmann; die beiden anderen sind vorletztes Jahr in den Ruhestand gegangen. Seitdem bin ich zuständig für ganz Deutschland. Vorher war meine Region mehr oder weniger die geographische Mitte gewesen, von Frankfurt hoch bis Nordhessen, die westlichen Teile Thüringens, Ostwestfalen, das Sauerland und das Ruhrgebiet.

Sie, liebe Leserinnen und liebe Leser, werden sich vermutlich wundern, dass hier ein echter Weihnachtsmann erzählt. Den gibt es gar nicht, werden die meisten von Ihnen sagen. Doch, muss ich widersprechen. Uns gibt es. Plural. Wir sind viele. Einer allein könnte den Job gar nicht schaffen. Wir sind weltweit unterwegs und haben letztlich nur 24 Stunden für die Auslieferung, da helfen auch die Zeitzonen nur sehr begrenzt. Aber von Anfang an: Bei mir begann alles mit einem Zufall. Ich war damals, mal wieder, muss man sagen, seit einigen Monaten arbeitslos. Ich hatte es in verschiedenen Jobs versucht, aber so richtig hatte es mir nirgends gefallen – und auch ich keinem meiner Chefs. Mein Werdegang? Lehre, Abitur, Lehramtsstudium abgebrochen. Damit kommt man heute nicht sehr weit. Immer wieder, in jedem Betrieb, hörte ich irgendwann den Satz: »Wenn Sie hier keinen Bock haben, dann werden Sie doch einfach Weihnachtsmann. Da haben Sie wenigstens die meiste Zeit des Jahres Ruhe. Urlaub von Januar bis Mitte Dezember.« Ich hätte nie gedacht, dass in diesen Sätzen, die ja nie als echter Ratschlag gemeint waren, so viel Wahrheit liegt. Und um ganz ehrlich zu sein: Es wird für uns von Jahr zu Jahr weniger stressig. Warum? Weil kaum noch jemand an den Weihnachtsmann glaubt. In den meisten Familien kaufen die Eltern und Großeltern die Geschenke selbst. Da müssen wir gar nicht mehr hin. Wenn man es genau nimmt: Amazon hat uns einen großen Teil des Lieferverkehrs abgenommen. Auch die Reklamationen. Gott ist übrigens Mitgründer des Unternehmens und hält weiterhin ein großes Aktienpaket.

Doch zurück zu meinem Einstieg in den Betrieb. Der kam überraschend. Ich lese normalerweise die Mails von ehemaligen Arbeitgebern vorsichtshalber nicht. Doch dieses Mal hatte ich sogar auf den mitgesandten Link geklickt, auf den mich mein letzter Arbeitgeber Wochen nach meiner Entlassung eher hämisch-ironisch aufmerksam machte: »Sie wären ideal geeignet. Sie müssten sich nicht einmal mehr rasieren!« Als ich das »Stellenangebot« dann las, hielt ich das natürlich alles für einen Witz:

Weihnachtsmann gesucht! Festeinstellung. Unbefristet. Nach Tarif bezahlt, angelehnt an den Tarifvertrag des öffentlichen Dienstes (TVöD). Bewerbungen bitte per Mail an snowandgo@gmx.de

Ich musste lachen. Gleichzeitig kam es mir wie ein Rätsel vor. Oder ein Fake. Ich nahm das zwar überhaupt nicht ernst, reagierte aber trotzdem darauf. Ich erwartete, vielleicht an eine Art Casting-Show zu geraten. Womöglich war das auch ein Kunstprojekt. Genauso war es denkbar, dass es sich um eine Buchidee handelte, bei der jemand die Antworten auf diese abstruse Anzeige sammeln und veröffentlichen würde. Meine Bewerbung war also komplett als Spaß gemeint – und mit etwas Neugierde durchsetzt. Vor allem war ich, wie die meisten anderen erwachsenen Menschen auch, der festen Überzeugung: Den Weihnachtsmann, den gibt es nicht. Dabei sind wir ein mittleres Familienunternehmen, perfekt durchorganisiert. Als ich einstieg, waren wir noch fast 200 Aktive weltweit. Die meisten Länder haben ihren eigenen Weihnachtsmann, der aber nicht zwangsläufig aus diesen Ländern stammen muss. Deshalb auch die überdurchschnittlich vielen Finnen, die in diesem Beruf ähnlich heimisch sind wie im Skisprung. Manche Länder, darunter Deutschland, haben mehrere Weihnachtsmänner, natürlich immer abhängig von Religion und Bevölkerungsanzahl, wohingegen Zwergstaaten wie Luxemburg und San Marino oder Vatikanstadt mit seinen 850 Einwohnern zu einem Bezirk zusammengefasst werden. Aber auch für ganz Skandinavien mit Island und Spitzbergen ist nur ein Weihnachtsmann zuständig – selbstverständlich ein Finne.

Ich schrieb damals meine Bewerbung aus purer Langeweile, vielleicht auch, weil ich gerne Texte schreibe, aber sonst keinen Adressaten hatte. Keine Zeitung, kein Verlag war an mir interessiert. Ich verfasste Gedichte und Texte nur für mich. Nie für die Öffentlichkeit. Aus einer romantischen Stimmung heraus schrieb ich höchstens mal in der Tradition alter Minnesänger ein lustiges Liebesgedicht, um – meistens vergeblich – das Herz einer Frau zu erobern:

Liebe, um dich zu kosen,
kaufe ich Rosen
lege sie auf dein Kissen –
wirst du mich küssen?

Ich weiß, am Ende ist das kein sauberer Reim, auch inhaltlich ist das sehr unsauber, sogar unkonkret – aber meistens reicht das für eine positive Wirkung, weil kaum ein Mann noch Gedichte schreibt. Da kann man mit wenig schon viel erreichen. Bei Isabel jedenfalls – ich komme später auf sie zurück – hatte es gereicht. Zumindest am Anfang.

Mein Bewerbungsschreiben an snowandgo@gmx.de, so dachte ich, würde wenigstens mal gelesen; mein Anschreiben war allerdings komplett ironisch formuliert. Und dann bekam ich am Ende den Job! Unfassbar! Angefangen zu glauben habe ich das alles erst, als das erste Gehalt auf dem Konto war. Aber in seiner ganzen Dimension wirklich erfasst habe ich es, als ich noch vor dem ersten Dienstantritt mein Weihnachtsgeld überwiesen bekam.

Öffentlicher Dienst, das bedeutet außerdem Sonn- und Feiertagszulagen, auch an Weihnachten, unserem einzigen Arbeitstag. Und Urlaubsgeld. Ich wusste gar nicht mehr, wohin mit dem ganzen Geld. Ich fragte mich insgeheim, wer in unserem Falle die Tarifpartner waren, mit denen Gott das ausgehandelt hatte, oder ob er uns das als Boss alles freiwillig zahlte. Das allein zu denken war heikel, wie Sie gleich sehen werden, denn man soll Gott nicht auf dumme Gedanken bringen.

Als ich dann zu einem Vorstellungsgespräch eingeladen wurde, war ich echt von den Socken. Ich dachte weiterhin an einen Spaß. Dann stand ich das erste Mal dem Boss gegenüber – und ich war irritiert. Er strahlte eine natürliche Autorität aus, nicht uncharmant, auch humorvoll. Kein Riese, eher schmal. Mit kräftigem Händedruck. Äußerlich erinnerte er mich an Gerhard Schröder zur Zeit seiner ersten Kanzlerschaft. Ich schaute auf seine Haare und überlegte, ob sie gefärbt waren.

Er nickte.

War das seine Antwort?

Er nickte erneut.

Er färbte also. Konnte er Gedanken lesen?

Er nickte schon wieder.

Dann sagte eine Stimme in mir, also seine Stimme in mir:

»Willkommen! Gestatten, Gott. Ich bin hier der Boss – von allem.« Seine Lippen bewegten sich nicht dabei.

Ich dachte nur: »Das ist Gott?«

Und er nickte.

»Sie können meine Gedanken lesen?«, fragte ich ihn in Gedanken.

Er antwortete: »Nicht nur Ihre.«

Ich habe mich bis heute nicht daran gewöhnen können, dass er auf diese Weise mit uns kommuniziert. Es ist wirklich kompliziert, nicht an das zu denken, was er nicht hören soll, zum Beispiel die Fragen zum Tarifvertrag. Denn falls er das alles freiwillig zahlt, möchte ich nicht derjenige sein, der ihn auf die Idee bringt, diese Zahlungen vielleicht einsparen zu können.

Was mich damals am meisten erstaunte: Er war rasiert. Kein Vollbart. Ich roch ein Aftershave, das mich an irgendetwas erinnerte. War es Weihrauch? Das fragte ich mich in Gedanken, und er sagte:

»Der Klassiker. Tabac.«

»Wie mein Vater«, dachte ich.

Er nickte wieder.

Gott wusste also, welches Aftershave mein Vater benutzte! Als er erneut nickte, war ich nicht mehr überrascht.

Ich schaute mir Gott genauer an. Er trug einen maßgeschneiderten Anzug und hatte ein aufgeklapptes Apple-Notebook vor sich stehen. Das neueste Modell. Es war grad erst letzte Woche auf den Markt gekommen, wie ich zufällig von einem technikaffinen Freund wusste. Als ich den Laptop sah, musste ich lachen.

»Machen die hier alle Moden mit?«, dachte ich.

»Wir kreieren sie«, sagte er kühl.

Ich dachte: »Und warum hatte dann Steve Jobs den Job bei Apple und nicht ich?«

Er sah mich regelrecht lauernd an: »Das wollen Sie nicht wissen.«

»So leicht bin ich auch nicht zu deprimieren!«, revanchierte ich mich.

»Sie sind also interessiert?«, kürzte er ab.

Ich dachte, was ich nicht sagen wollte: »Sagen wir es so, ich bin frei.«

Er nickte: »Ich weiß!«

Es ist absolut unmöglich, nicht zu denken, woran man denkt.

Er nickte schon wieder.

Zur Abwechslung sprach ich meinen nächsten Gedanken laut aus:

»Wenn Sie sowieso alles über mich wissen, warum musste ich mich dann noch bewerben?«

Er sah mir direkt in die Augen, und wieder hörte ich seine Stimme in mir: »Ach, ihr Menschen habt da dies Ding mit dem freien Willen entwickelt.«

Ich fragte etwas provokant: »Der ist also nicht von Ihnen?«

»Ich möchte mich auch manchmal nur gut und kultiviert unterhalten.«

Er erstaunte mich schon wieder.

»Soll das jetzt ein Kompliment sein nach der Sache grad mit Steve Jobs?«, fragte ich.

»Nicht so voreilig! Noch haben Sie den Job nicht. Aber ich kann erkennen, wer geeignet ist. Man darf nicht rumprotzen mit dem, was man tut. Weihnachtsmann, das ist ein Job wie 007 oder im kriminellen Milieu. Darüber spricht man nicht. Das erste Gebot ist Verschwiegenheit.«

Ich schwieg.

Er nickte und fuhr fort: »Das Wichtigste ist aber: Man muss das ganze Jahr über mit dem Nichtstun fertig werden. Und das können Sie. Eindeutig.«

»Wie kommen Sie darauf?«

»Ich schaue Ihnen schon ein paar Jahre dabei zu.«

»Wie jetzt?«, fragte ich.

Provokant grinsend sagte Gott: »Bei allem übrigens! Und Ihre Liebesgedichte sind mäßig.«

»Aber manchmal erfüllen sie ihren Zweck«, verteidigte ich mich.

Gott zog die rechte Augenbraue hoch.

»Als ob *Last Christmas* von Wham besser wäre«, schnaufte ich.

»Zumindest erfolgreicher«, sagte Gott süffisant.

»Aber nur pekuniär!« Ich war etwas beleidigt.

Gott grinste. Dann holte er aus: »Machen Sie sich nichts vor. Im normalen Berufsleben wird das nichts mit Ihnen. Aber bei mir sind Sie goldrichtig. Nur machen Sie sich kein falsches Bild. Der Job ist einerseits leichter geworden, andererseits auch härter, als er je war.«

Er klärte mich auf: »Um es kurz zu machen – und auch wenn es niemand glaubt: Es gibt den Weihnachtsmann. Aber es gibt nicht nur einen. Wir sind viele. Ja, ich sage *wir*. Anfangs bin ich selbst mit rausgefahren. Ein guter Chef sollte an jeder Position seines Betriebes auch einmal selbst gearbeitet haben, sonst weiß er nicht zu schätzen, was seine Mitarbeiter tun. Gleichzeitig weiß er aber auch, was er fordern kann.«

Er wartete die Wirkung seiner Worte auf mich ab. Dieser Gott auf dem Weihnachtsschlitten, ich konnte mir das durchaus vorstellen. Wie er vor die Häuser fuhr, an den Türen klopfte, den Sack mit den Geschenken über der Schulter, dazu sein durchaus charmantes, anders als bei Schröder sogar warmherziges Lächeln. Aber so glattrasiert?

»Damals trug ich noch Bart«, nickte er versonnen in meine Gedanken hinein.

Dann fuhr er fort: »Sie können einer von ihnen werden, von uns also. Aber das ist hier nicht wie bei der studentischen Jobvermittlung. Die Weihnachtsmänner dort sind Amateure, von Eltern engagiert, die Angst haben, dass sonst zu wenig am Weihnachtsabend los ist. Wir sind die echten. Und bei uns reicht es nicht, sich einen Bart umzuhängen und ›Ho Ho Ho‹ zu rufen. Wir machen echte Brauchtumspflege. Wir haben eine Ausbildung, sind textsicher in Weihnachtsliedern, auch in verschiedenen Sprachen. Wir machen jährlich eine thematisch relevante Fortbildung.«

Erneut ließ er seine Worte auf mich wirken – oder vielleicht sollte ich sagen: seine Gedanken.

Ich nickte.

»Wir sind aber nur da im Einsatz, wo die Familie tatsächlich noch an den Weihnachtsmann glaubt. Und das sind heute nur noch wenige. Die meisten besorgen die Geschenke selbst. Da müssen wir dann gar nicht mehr hin. Doch für die, die noch daran glauben, will ich als Boss den besten Service.«

Ich nickte erneut.

Gott sagte: »Noch Fragen?«

Ich schüttelte den Kopf und erwiderte nur: »Wo soll ich unterschreiben?«

Meine Eignungsprüfung hatte ich ja scheinbar schon vorab durchlaufen.

Er sagte: »Handschlag genügt!«

Gott lachte, stand auf und kam auf mich zu. Ich erhob mich ebenfalls.

Wir gaben uns die Hände.

»Willkommen im Club!«, sagte er.

»Auf gute Zusammenarbeit!«, sagte ich. »Und haben Sie vielen Dank für das Vertrauen.«

»Übrigens, wir duzen uns hier«, schob er nach. »Ist gut für das Betriebsklima.«

»August«, sagte ich.

»Ich weiß«, sagte er.

»Und du?«, fragte ich.

»Du kannst mich Boss nennen, oder Gott. Ich höre auf beides.«

Das liegt nun mehr als acht Jahre zurück. Ich bin der Jüngste im Team und als Letzter dazugekommen, aber ich fühle mich inzwischen wie ein alter Hase. Anfangs wurde ich von den Kollegen skeptisch beäugt, nach und nach dann aber herzlich aufgenommen, was wohl nicht zuletzt an meiner Trinkfestigkeit liegt. In dieser Hinsicht war die Namensgebung durch meine Eltern nahezu prophetisch, denn die sorglose Neigung zum Alkohol sowohl des historischen als auch des Roman-Augustin scheinen auf mich übergegangen zu sein.

Gott nimmt die nächste Kelle und gießt erneut Wasser auf die heißen Steine. Ich schwitze aus allen Poren. Das Wasser rinnt nicht nur, es stürzt in Bächen an mir herunter.

»Ein langer Weg seitdem«, sagt er.

Ich nicke. In dieser Hitze kann ich nicht reden.

Als er meinen Gedanken hört, zeigt er ein Grinsen, das sich irgendwo zwischen Schadenfreude und Mitleid bewegt.

Dann fragt er: »Bier?«

Ich nicke.

Gott geht kurz raus und kommt mit zwei Dosen Lapin Kulta zurück, einem legendären Bier aus dem finnischen Norden. Wortlos reicht er mir eine und öffnet seine eigene. Dann überlässt er mich wieder meinen Gedanken.

Während ich mit Gott hier in der Sauna sitze und die Strafaufgüsse über mich ergehen lassen muss, im dritten Jahr in Folge übrigens, haben meine Kollegen heute Abend frei. Sie sitzen am Kamin und trinken Glöggi, finnischen Glühwein, als Einstimmung auf die kalte Jahreszeit und unser kommendes »Hochamt«, das Weihnachtsfest. Zu unserem jährlichen Treffen eingeladen hat der Boss wie immer unter dem Motto »Motivation und Brauchtumspflege für Weihnachtsmänner«, wie er es stets in seiner Begrüßungsrede formuliert. In seiner Rundmail vorab nennt er es in »Manager-Sprech« salopp abgekürzt das »ICW«-Wochenende. Das steht für »Incentive Christmas Weekend«. Alle noch im Dienst befindlichen Weihnachtsmänner werden von ihm nach Finnland eingeladen, um das nächste Weihnachtsfest vorzubereiten.

Für mich ist es allerdings, und das, wie gesagt, nicht zum ersten Mal, kein ICW, sondern ein CBC, ein »Christmas Bootcamp«, ein verschärftes Straftraining, eine besondere Form der Abmahnung. Ich muss dann Sonderschichten einlegen, das Klohäuschen ausleeren, Saunaholz hacken, die Geschenkesäcke flicken und stopfen und natürlich die Weihnachtsmann-Kostüme für alle aufbügeln, und vor allem muss ich mit Gott in die Sauna. Nur er und ich. Einzeltraining sozusagen. Warum? Um ehrlich zu sein, ich hatte mal wieder gegen die Weihnachtsmann-Etikette verstoßen. Seit Jahren nennen die Kollegen mich den »Bofrost-Mann«, weil ich mich unterwegs auf der Geschenketour immer mal wieder auf »amouröse Abenteuer« einlasse – und nun angeblich »schon wieder«. Das ist natürlich völliger Quatsch, aber dazu gleich mehr.

In den acht Jahren in der Firma ist dies jetzt mein drittes CBC in Folge, das dritte Mal Strafe, also häufiger als jeder andere von uns je dazu verdonnert wurde. In der gleichen Zeit wurde Finnland in jedem Jahr Glücksweltmeister. Das ist natürlich nur ein kleiner Trost für mich. Meine Online-Bewertungen sind allerdings so gut, dass ich nicht wirklich glaube, dass er mich rausschmeißt. Ich bin trotzdem unsicher in diesem Jahr. Ich würde die Stelle ungern verlieren.

Weihnachtsmann ist wirklich ein Top-Job. Wahrscheinlich der beste von allen – garantiert noch besser als im Kanzleramt zu arbeiten. Besser als Kanzler oder Kanzlerin sogar. Manchmal sind wir aufgrund der vielen »DS«, der »dummen Selbstschenker«, wie wir sie nennen, mit allem schon weit vor Mitternacht durch. Wir kehren zurück an den Korvatunturi, versorgen noch schnell die Rentiere – und dann sitzen wir wieder gemeinsam in der Sauna und begießen die Tour mit Salmiakki, also Lakritzschnaps, und finnischem Wodka. Der Job war die beste Entscheidung in meinem Leben.

Ich habe mir das anfangs alles gar nicht vorstellen können. Ich bin sehr gut ausgestattet: eigener Etat, Dienstauto, Dienstschlitten sowieso. Als Notebook immer das neueste Modell von Apple, auch beim Handy, da lässt er sich nicht lumpen, und jeder von uns hat eine direkte Leitung nach oben.

Es gibt letztlich nur zwei feste Termine im Jahr, die verbindlich für uns alle sind: Weihnachten, natürlich, und dann unser Wochenendseminar im November. Dazu kommt bei mir als jährliche Erinnerung der 1. September. An diesem Tag meldet sich jeweils mein Handy: »Ab heute Bart wachsen lassen.« Diese fast vier Monate bis Weihnachten brauche ich schon für einen einigermaßen ansehnlichen, repräsentablen Vollbart. Man kann als Weihnachtsmann nicht einfach so rumlaufen wie der nächstbeste Hipster oder Craft-Beer-Brauer. Es gibt Kollegen, die lassen ganzjährig den Bart am Kinn, andere müssen ihn schon ab Juni wachsen lassen. Bartwuchs, das hat der Chef mir Jahre später einmal in einem vertraulichen Gespräch gesagt, ist auch ein Einstellungskriterium. Das spricht er offiziell aber nie an, damit ihm niemand »Diskriminierung wegen zu geringem Bartwuchs« vorwerfen kann.

Wenn man dann tatsächlich eingestellt wird, bekommt man sofort eine eigene Region zugeteilt. Gott setzt einen am liebsten dort ein, wo man sich ohnehin auskennt. Ich hatte zu Studienzeiten einige Jahre in Nordhessen skandinavische Möbel ausgeliefert und aufgebaut. Nach den damaligen Routen bemaß er meinen ersten Bezirk mit Teilen von Hessen, Thüringen und NRW, inklusive meiner alten Heimat Ostwestfalen, was später zu eben diesem kleinen, pikanten Problem führen sollte.

Nun gibt es aber auch einen echten Minuspunkt: Der Zuschnitt der Bezirke ändert sich mit der jährlichen Verabschiedung unserer Ruheständler. Wir werden weniger, die Bezirke werden größer. Gott begrüßt das als Verschlankung im Unternehmen, jedenfalls offiziell. Kein Wunder, er hat das ja auch entschieden. Für uns allerdings ist es schon hart: Es gibt kaum noch Neueinstellungen. Im Grunde war ich der Letzte. Ganz unrecht ist uns das aber nicht. Neue Kollegen einzuarbeiten ist immer ein Risiko, oft mehr Arbeit als Gewinn. Wir anderen hier kennen uns, wir wissen, wie der Hase läuft, oder wie wir es sagen, wie das Rentier rennt.

Vor fünf Jahren hat Gott allerdings den Nikolaus eingespart. Der hatte überraschend gekündigt, und die Stelle wurde nicht neu besetzt. Er besaß aber auch längst nicht die Reputation wie wir Weihnachtsmänner. Er ist eine klassische Nebenfigur im Verbund der Mythen. Vielleicht haben wir ihn das etwas zu sehr spüren lassen. Er war zwar immer eingeladen und kam auch zu unseren »ICWs«, hat dort allerdings immer sehr schnell sehr beleidigt gewirkt. Ständig sagte er: »Ihr Weihnachtsmänner haltet euch doch für was Besseres.« Es war kurz davor, dass wir zu einer Supervision hätten gehen müssen.

Am Ende hat er sich »absolut und von allen gemobbt« gefühlt und hingeworfen. Der Boss hat das zwar bedauert, die Stelle aber trotzdem nicht neu besetzt. Auf die interne Ausschreibung hat sich dann natürlich niemand von uns beworben. Keiner der Kollegen wollte sich verschlechtern. Ich auch nicht. Deshalb müssen wir Weihnachtsmänner jetzt ran und ihn im Wechsel vertreten, aber das trifft einen nur alle paar Jahre. Ich zum Beispiel war noch nie dran. Unser Franzose, Père Noël, und unser Amerikaner, Santa Claus, hatten den Dienst in den ersten zwei Jahren. Inzwischen pokern wir um die sogenannte »Nikolausschicht«. Wer verliert, hat die Schicht und muss ran. Wir spielen »den Nikolaus« immer am letzten Abend des ICW aus, wenn Gott schon im Bett liegt. Das ist einer der wenigen Momente, in denen wir einigermaßen sicher sein können, dass er genug getrunken hat, schnell einschläft und nicht unsere Gedanken mitliest. Seit wir zu diesem Procedere übergegangen sind, ist die Stimmung unter uns Kollegen erheblich entspannter.

Das alles geht mir durch den Kopf, während wir zu zweit in der Sauna sitzen und Bier trinken. Nur ich schwitze. Bei

Gott zeigt sich kaum eine Schweißperle. Ich habe ihn darauf mal angesprochen. Er habe einen Freund, von der, wie er geheimnisvoll sagte, »anderen Seite der Macht«, der sehr überhitzt wohnen würde, da habe er sich an die Temperaturen gewöhnt. Und ganz am Anfang, »am ersten Tag damals«, so seine Worte, sei der Erdball eine ziemlich heiße Angelegenheit gewesen.

Gott nickt nun nachdenklich.

»Schön, dass du dir das alles nochmal bewusst machst«, sagt er dann. »Dein Sündenkonto hat sich nämlich erneut gefüllt.«

Ich bin erstaunt: »Ich denke, du vergibst die Sünden.«

»August, du hast nicht gebeichtet. Also kann ich dir nichts vergeben.«

»Bitte? Ich habe dir alles gestanden.«

»Ja, aber nur mir. Keinem Priester.«

»Wie jetzt? Nur dir? Du bist doch der Boss von allem.«

»Ja, schon. Aber ich muss doch auch die Hierarchien einhalten, die ich entwickelt habe. Du beichtest beim Priester, der die Beichte dann an mich weiterleitet.«

Ich sage: »Ich finde, du bist manchmal sehr bürokratisch.«

»August, zu mir kannst du beten. Du kannst auch direkt zu mir kommen, als dein Boss. Doch die Vergebung der Sünden? Du hast sie zwar zugegeben, aber nicht wirklich bereut. Außerdem bist du evangelisch. Ihr habt das System Beichte überhaupt nicht im Plan.«

Ich bin bedient. Es läuft also wieder auf so ein theologisches Streitgespräch hinaus. Bei jedem CBC! Ich kenne das schon. Im Sommer vor zwei Jahren dachte ich, ich sollte mal grundsätzlich mit dem Boss über Arbeitszeiten reden. Ich nahm also die direkte Leitung nach oben, was wir selten machen: Er und ich skypten. Gott macht das, weil dann das Gedankenlesen wesentlich imposanter wirkt. Einfach so am Telefon würde das wie ein normales Gespräch klingen, Rede und Gegenrede. Wenn er aber mit geschlossenen Lippen mit einem spricht, dann ist das auch via Bildschirm eine sehr beeindruckende Angelegenheit.

Ausgangspunkt war damals eine kleine Streiterei mit Isabel gewesen. Sie hatte mir eine heftige Szene gemacht, dass ich ausgerechnet am Heiligen Abend keine Zeit für sie gehabt hatte. Und laut der Statuten hatte ich ihr das auch nicht plausibel erklären können. Nach dieser Auseinandersetzung mit ihr erzählte ich Gott von unseren Problemen, den Frauen in unserem Leben immer wieder unsere Abwesenheit gerade am Weihnachtsabend plausibel machen zu müssen. Ob wir da nicht arbeitsteiliger vorgehen könnten, fragte ich. Nur jedes zweite Jahr Dienst zum Beispiel.

Er starrte mich durch den Monitor an: »Hast du ein Mandat?«

»Bitte?«

Ich wusste wirklich nicht, was er meinte.

Er fragte: »In wessen Namen verhandelst du mit mir?«

»Ich spreche im Namen der Kollegen. Also, jedenfalls … fast aller Kollegen.«

»Wissen die das?«

»Ja, also … manche schon.«

»August!«

Ich dachte reflexhaft: »Wir müssen sofort einen Betriebsrat gründen!«

Diesen Gedanken registrierte er natürlich. Sie hätten Gott sehen sollen. Er schaute mich aus dem Bildschirm heraus an, als wäre ich der leibhaftige Gottseibeiuns. Allein für die Idee, nur für den Satz, bekam ich ein CBC aufgedonnert. Er kündigte das direkt an, dabei hatte ich den Satz gar nicht ausgesprochen. Aber bei Gott reicht allein der Gedanke an etwas.

Ich begann im Geiste zu singen: »Die Gedanken sind nicht frei, er muss sie nicht raten …«, und dann konnte ich in meinem gedanklichen Freestyle-Rap gerade noch vor dem letzten Halbsatz stoppen: »… er wird sie wissen und dich dann erschießen!«

Trotzdem sagte er: »Das setzt Strafaufgüsse am ICW, der für dich das nächste CBC sein wird.«

Ich entgegnete sofort: »Hör mal, Boss. Das ist unfair. Der Betriebsrat ist ja erstmal nur eine *Idee*.«

Er schaute mich wütend an.

Ich argumentierte schnell: »Ich kann ja auch nicht geblitzt werden, wenn ich nur denke, dass ich zu schnell fahren *will*. Ich muss es erst tun. Und dann muss ich noch dabei erwischt werden.«

Darauf erwiderte Gott energisch, dass Terroristen auch schon für die Planung eines Anschlags verurteilt würden.

Ich sagte, dass ich hier keinen Anschlag plante, sondern nur die Gründung eines Betriebsrates.

In diesem Fall sei das das Gleiche, ereiferte er sich nun.

Ich fand, dass er übertrieb. Ich hielt ihn an dieser Stelle

sogar für hysterisch, also in Gedanken. Das bekam er natürlich sofort mit und reagierte nun tatsächlich hysterisch.

Daraufhin versuchte ich erstmal nichts zu denken, um Ruhe in die Sache zu bringen.

Er holte tief Luft. Wer in seinem Betrieb einen Betriebsrat fordere, eine Personalvertretung, der habe quasi einen Misstrauensantrag gegen Gott gestellt. Gegen ihn, den Schöpfer von allem.

Ich überlegte kurz und dachte leider: »Aber letztlich hast du die Betriebsräte doch selbst geschaffen ...«

Da platzte er: Das sei der andere gewesen, der mit der heißen Wohnung. Und wie heiß es bei dem sei, das würde ich bei der nächsten Aufgussrunde in der Sauna schon zu spüren bekommen.

Für wen das ICW ein CBC wird, verkündet der Boss immer schon in der Mail an alle. Das bedeutet, jeder der Kollegen weiß, wen es getroffen hat. Seltsam, dass das in den letzten Jahren immer nur ich war und kein anderer. Können meine Kollegen besser mogeln? Lassen die sich nicht erwischen? Manipulieren sie ihre Online-Bewertungen? Oder denken die wirklich nichts, was ihn ärgerlich oder wütend macht?

Seit es raus ist, dass es mich in diesem Jahr zum dritten Mal in Folge trifft, nennen mich die Kollegen respektvoll »Mister Germany«. Das ist zumindest besser als der »Bofrost-Mann«. Hier schulde ich Ihnen aber noch eine Erklärung. Der »Bofrost-Mann« kam vor drei Jahren zustande, weil ich auf meiner Geschenketour – damals noch »die kleine Tour«, denn die deutschen Kollegen waren noch im

Amt – im Übermut meine Exfreundin besucht hatte. Eben Isabel, die durch Zufall in meinen Bezirk gezogen war. Sonst wäre das alles gar nicht passiert. Wir hatten uns getrennt, bzw. sie hatte sich von mir getrennt, aber wir hatten uns nie aus den Augen verloren. Zwar hatte sie mich aus ihrer Facebook-Freundesliste gelöscht, aber ich schaffte es, mich mit ihr über einen zweiten Account wieder zu befreunden, tatsächlich mit dem Profilnamen »Der liebe Augustin«. Ich bin sicher, dass sie sofort wusste, dass ich es war.

Nun wollte ich ihr ganz neu gegenübertreten, unglücklicherweise mitten auf meiner Weihnachtstour. Ich wollte etwas angeben. Ich hatte bei Isabel das Image eines sympathischen Losers. Sympathisch, ja, aber eben ein Loser, ein klassischer Nichtsnutz. Ich wollte ihr zeigen, dass ich nun einen Job hatte, regelmäßiges Einkommen, fast das ganze Jahr Urlaub, mit anderen Worten: dass ich es geschafft hatte. Alles, was sie kritisiert hatte an mir, war nun anders: das leichte Leben, kaum Einkommen, das war vorbei. Die kleinen »Unzuverlässigkeiten« waren passé. Als ich dann vor ihr stand, im Kostüm, mit Bart, draußen vor der Tür der Schlitten mit den Rentieren – sie erkannte mich sofort – und den *Bratapfel*, eines meiner – und ihrer – liebsten Weihnachtsgedichte, deklamierte, schmolz sie dahin:

Kinder, kommt und ratet,
Was im Ofen bratet!
Hört, wie's knallt und zischt!
Bald wird er aufgetischt

Der Zipfel, der Zapfel,
Der Kipfel, der Kapfel,
Der gelbrote Apfel.

Kinder, lauft schneller;
Holt einen Teller,
Holt eine Gabel!
Sperrt auf den Schnabel
Für den Zipfel, den Zapfel,
Den Kipfel, den Kapfel,
Den goldbraunen Apfel.

Sie pusten und prusten,
Sie gucken und schlucken,
Sie schnalzen und schmecken,
Sie lecken und schlecken
Den Zipfel, den Zapfel,
Den Kipfel, den Kapfel,
Den knusprigen Apfel.

Ich weiß im Nachhinein nicht, ob es an meinen Rentieren lag oder an diesem Gedicht. Es stammt vom Ehepaar Fritz und Emily Kögel, aus deren Kindergedichtband *Die Arche Noah*, den die beiden gemeinsam 1901 veröffentlicht hatten. Als ich Isabel dann auch noch vorschlug, genau wie die beiden gemeinsam einen Gedichtband für Kinder unter dem Titel *Die Arche Noah 2* zu verfassen, war es um sie geschehen. Es kam zu spontanen Zärtlichkeiten – von mir zwar erhofft, ja, aber an diesem Abend noch nicht für möglich gehalten, vor allem nicht eingeplant. Jedenfalls brachte mich das auf meiner weiteren Weihnachtstour in große Zeitnot und führte zu diversen Verspätungen. In den Online-Bewertungen schlug sich das anschließend deutlich und verheerend nieder. Alle meine Lieferungen bis 20 Uhr waren mit 5 Sternchen bewertet, die danach fielen katastrophal aus. Ich hatte erst nach 22 Uhr weitermachen können. Isabel wiederum war stinksauer, als ich mich an jenem Abend anzog und weiterfahren wollte.

»Von wegen, du bist der Weihnachtsmann!«, rief sie laut.

Ich sagte kleinlaut: »Da warten jede Menge Kinder auf mich!«

»Jetzt noch? Nach 22 Uhr?«

»Ja«, sagte ich, »das wird sicher ein Problem.«

Sie schnaubte: »Wahrscheinlich warten da auch noch deine eigenen Kinder. Was weiß ich, wie oft du Vater geworden bist, seit wir uns getrennt haben!«

Dieses Ereignis führte jedenfalls zu meinem ersten Straf-Bootcamp. Das zweite bekam ich für die Betriebsratsidee aufgebrummt, die ja nur entstanden war, weil ich im Folgejahr gerne das gesamte Weihnachtsfest mit Isabel verbracht hätte. Aber wenn schon Strafe vom Boss, dann sollte sie sich auch lohnen, dachte ich. So erzählte ich Isabel, ganz im Gegensatz zu unseren Statuten, von meinem Job. Vor allem auch, um meine Abreise in jener Weihnachtsnacht nachträglich glaubhaft zu machen. Sie hat das alles, natürlich, nicht geglaubt. Ich sei ein »kompletter Spinner«, und bevor ich mir so etwas ausdenken würde, sollte ich lieber Geschichten erfinden, mit denen sich Geld verdienen ließe, und nicht solch eine »total unglaubwürdige Weihnachtsstory«. Ob ich glaubte, damit eine Frau und vor allem sie rumzukriegen? Und überhaupt, wenn das alles stimmen würde, sei es im Grunde *noch weit mieser*, denn »Weihnachtsmann« sei das Allerletzte! Wenn man nur mal theoretisch *annähme*, es gäbe tatsächlich den Weihnachtsmann und das Unternehmen, für das ich tätig zu sein behauptete, dann würde ich in unserer ohnehin schon patriarchalischen Gesellschaft kritiklos hinnehmen, dass mein »Boss« weit ab davon sei, Frauen auf Vorstandsposten zu berufen. Ja, es war sogar noch schlimmer! Er würde noch nicht einmal Frauen als Weihnachtsfrauen einstellen, ja, nicht einmal als Rentierpflegerin. Isabel war sehr laut dabei geworden.

Diese Sache mit den Frauen in unserer Branche war uns, war mir, ganz ehrlich, nie aufgefallen. Doch nun wurde auch mir bewusst, dass wir als Weihnachtsmänner tatsächlich ziemlich unzeitgemäß aufgestellt waren. Sind.

Vor einigen Monaten, fast genau ein Jahr nach der Betriebsratsidee und mittlerweile zweitem überstandenem CBC, rief ich wieder beim Boss an, bzw. ich schickte eine Mail und bat kurzfristig um einen Termin.

»Hier August, Chef, wir müssen reden. Wann hast du Zeit?«

Wenige Tage später trafen wir uns, wieder per Skype.

»August, was kann ich für dich tun?«

»Chef, die Frauenfrage …«

»Die was?«

»Die Frauenfrage!«

»Das jetzt wieder. Es reicht schon, wenn Maria mir jedes Jahr neu damit kommt.«

Maria? Ich wusste nichts von einer Maria und Gott.

»Geht dich nichts an«, schnauzte er über den Bildschirm.

»CBC«, sagte er nur. Dann legte er auf.

Und nun sitzen wir wieder hier, allein in der Sauna. Zum dritten Mal, im dritten Jahr. Ich ahne Schlimmes. Ich summe das Lied der Doors: »This is the end, my only friend, the end …« Was soll ich nur arbeiten, wenn es nicht einmal zum Weihnachtsmann reicht?

Wir haben die nächste Dose Bier in der Hand und schweigen.

Gott sagt: »The Doors. Lange nicht gehört. Ich mochte ›Riders on the storm‹.«

Nun bin ich ganz sicher. Das war es für mich. Ich wechsele zu: »When the music's over«.

Meine Gedanken sprechen für sich. Schade, dass ich seine nicht lesen kann.

Minuten verstreichen.

Irgendwann räuspert er sich: »August …«

»Ja?«

Nun kommt also meine Entlassung.

Ich singe in Gedanken: »Ach du lieber Augustin, alles ist hin. Job ist hin, Glück ist hin.«

Ade, ihr schönen Zeiten, ihr geliebten Rentiere, die Routen zu den wartenden Familien mit den glücklichen Kindern und den manchmal sehr charmanten Müttern …

In meine Gedanken hinein höre ich Gottes Worte: »Das alles ist ja nicht ganz falsch, was du da dauernd vorschlägst.«

Ich kann nicht glauben, was ich da zu hören meine.

»Bitte?«

In der Sauna ist es still, nur die Flammen im Ofen knistern. Ich denke ausnahmsweise – nichts.

Dann sagt er: »Um es kurz zu machen: August, könntest du dir vorstellen, die Abteilungsleitung ›Weihnachten‹ zu übernehmen?«

Ich bin fassungslos. Ich habe fest mit meiner Entlassung gerechnet.

Gott schüttelt den Kopf.

War das jetzt eine Beförderung?

Er nickt.

»August, im Grunde hast du recht. Wir müssen uns tatsächlich modernisieren. Ich dachte lange, Amazon sei die Konkurrenz. Aber so ist es nicht. Wir sind der positive Mythos. Auch wenn man spätestens im Alter von sechs oder acht Jahren den Glauben an uns verliert, behalten wir diese Aura. Dieses Glückselige, das bleibt mit dem Weihnachtsfest verbunden. Für immer.«

Er trinkt einen Schluck Bier.

Sprachlos sehe ich ihn an. Ich nehme ebenfalls einen großen Schluck Lapin Kulta.

»Ich weiß, August, dass du immer versucht hast, der Arbeit aus dem Weg zu gehen. Aber du hast die richtigen Ideen. Und du bringst sie vor und riskierst immer wieder die Strafsauna. Alle Achtung. Wenn du deinen neuen Job, jetzt als Führungskraft, künftig weiter so gut und konsequent machst, bin ich sicher, dass du damit auch die Sache mit Isabel wieder geradebiegen kannst. Was meinst du?«

Ich bin sprachlos.

Gott sagt final, wie bei unserem ersten Gespräch: »Noch Fragen?«

»Habe ich Bedenkzeit?«

»Bis du dein Bier ausgetrunken hast.«

Ich schüttele den Kopf, grinse und sage nur: »Wo soll ich unterschreiben?«

Meine Eignungsprüfung hatte ich wohl schon wieder vorab durchlaufen.

Er sagt: »Handschlag genügt!«

Dann lacht Gott. Er steht auf und kommt auf mich zu. Ich erhebe mich ebenfalls.

Wir schlagen ein und schütteln uns die Hände. Dann stoßen wir an, trinken und setzen uns wieder. Ich lege im Saunaofen etwas Holz nach.

Er nickt mir zu. Soll jetzt etwa ich?

Er nickt erneut – und zum ersten Mal darf *ich* den Aufguss machen.

Etwas zögernd greife ich nach dem Eimer, nehme die Kelle, tauche sie ein und verteile das Wasser vorsichtig auf die augenblicklich zischenden Steine. Ich starre einen Moment versonnen vor mich hin. Dann stelle ich den Eimer wieder zu Boden. Die Hitzewelle rollt durch die Sauna.

Danach sehe ich erste Schweißperlen auf Gottes Stirn. Schwitzt er nun tatsächlich zum ersten Mal oder hatte er Angst, ich würde sein Angebot ablehnen?

Es fühlt sich seltsam an, den Job letztlich mit Isabels Ideen bekommen zu haben.

»Von mir erfährt sie kein Wort«, sagt Gott und wischt sich ein paar Tropfen von der Stirn.

»Und die Kollegen?«, kommt es mir plötzlich in den Sinn.

Gott sagt grinsend: »Haben allesamt abgelehnt.«

Ich bin kurz irritiert.

»Ach so, ich war gar nicht die erste Wahl ...«, entfährt es mir enttäuscht.

Er wartet einen Moment, denkt nach und sagt: »Hätte Steve Jobs damals abgelehnt, hätte ich dich als Nächsten gefragt.«

Ich glaube ihm kein Wort, nehme mir aber sofort wieder den Eimer samt Kelle und mache den nächsten Aufguss. Drei volle Kellen gieße ich nun genussvoll und langsam auf die heißen Steine. Die Hitze steigt auf, und Gott schwitzt. Ich verstehe langsam, warum ihm das immer so großen Spaß macht. Ich denke: »Das hast du *jetzt* davon. Da musst du durch!« Und mir ist es egal, dass er das hört.

UTA KÖBERNICK

Und unten fuhr ein Ikarus vorbei

Weihnacht!
Welch ein liebes, liebes, inhaltsreiches Wort!

Weihnacht, Karl May

Der Baum, die Lichter, die Geschenke, die Eltern lächelnd und ich lächelnd, acht Jahre alt oder neun: »Danke, Mutti«, »Danke, Papa«.

Meine Augen füllten sich mit Tränen. Lächeln! Die Lippen bebten. Wie peinlich, nicht weinen! Meine Mutter sah es aber doch. Und blickte bestürzt …

In meiner Erinnerung konnte ich schon immer lesen. Ich kann mich einfach nicht daran erinnern, wie es war, ein Buch in den Händen zu halten und es nicht lesen zu können. Natürlich erinnere ich mich daran, dass meine acht Jahre ältere Schwester mir vorgelesen hatte, im Urlaub, in der Slowakei. Aber nicht daran, dass *ich* es nicht konnte.

Lesen war für mich immer und überall möglich.

Auf dem Nachhauseweg von der Schule, es muss am Ende der ersten Klasse gewesen sein, bin ich auf der Straße lesend gegen eine Laterne gelaufen. Ungebremst.

Es tat sehr weh, trotzdem hob ich nur das Buch auf und ging weiter. So, als wäre nichts passiert.

»Was ist passiert?«, rief meine Mutter.

Statt einer Begrüßung berührte sie sanft (Aua!) meine Stirn. »Das wird 'ne dicke Beule.«

Sie holte Eiswürfel.

Mein Knie schmerzte auch.

»Ich bin gegen den Laternenpfahl gelaufen.«

Sie guckte skeptisch und schüttete das Eis in ein Tuch.

»So doll? Bist du gestolpert?«

Dann wurde sie ernst: »Hat dich wer geschubst?«

»Nee ... Aah, kalt«, sagte ich, den Eisbeutel am Kopf.

Nach dieser Sache wurde ich vorsichtiger.

Ab der dritten Klasse hatte ich einen Schulweg, der dauerte eine Stunde. Eine Viertelstunde Bus bis zum Bahnhof Köpenick, zwanzig Minuten S-Bahn bis Ostkreuz, fünf Minuten nochmal S-Bahn bis Frankfurter Allee und sieben Minuten U-Bahn bis zum Frankfurter Tor. Ich konnte aber auch anders fahren, ich hatte ja eine Monatskarte in meinem Brustbeutel. Das dauerte zwar länger, war aber mit weniger Umsteigen verbunden und verschaffte mir mehr Lesezeit auf dem Rückweg. Zehn Minuten U-Bahn bis zum Alexanderplatz, dann eine gute halbe Stunde S-Bahn bis Köpenick, und anschließend die Viertelstunde Bus.

Beim Umsteigen klemmte meistens mein Daumen zwischen den Seiten. Andere Lesezeichen benutzte ich nie. Ich merkte mir die Seite oder fand die Stelle einfach wieder.

Manchmal fuhr ich auch ein paar Stationen weiter, wenn ich ein Kapitel zu Ende lesen wollte.

Abends natürlich noch unter der Bettdecke. Das Kopfende meines Bettes grenzte an das Bücherregal. Ich las oft die vielen Titel, baute aus ihren Buchstaben neue Wörter. Den Begriff Anagramm kannte ich nicht.

Die schwarze Muschel ... Muschel ... Schelm Mulsch Suche Schule Lusche Elch es scheu euch Muse Luchse heul Helm Mus Ulm um muh schmule ...

Es kam dann vor, dass ich die Wörter vor mich hin murmelte – auch in der Öffentlichkeit. Einmal im Bus stieg eine Frau ein, der ich sofort einen Namen gab. Barbara. Für mich hieß diese Frau Barbara. Sie konnte gar nicht anders heißen. Ob ihr wohl bewusst war, wie sehr sie Barbara hieß? Ich murmelte wieder: »Barbara Barbara Barbara«, und lachte auf, als ich im Klang der Wiederholung das Wort Rhabarber entdeckte. Wörter waren eine unerschöpfliche Quelle.

Ich erinnere mich allerdings nicht daran, meine Eltern damals lesend gesehen zu haben. Sie hatten viele Bücher, aber meine Eltern *beim* Lesen? Ein solches Bild habe ich nicht im Kopf. Wahrscheinlich war ich einfach nie zugegen, wenn sie lasen.

Ganz anders bei meiner Schwester, sie musste fürs Abi lernen.

Wir wohnten zu viert in einer Zwei-Zimmer-Wohnung, und es gab eigentlich keinen Rückzugsort für meine Eltern. Das Wohnzimmer wurde abends zu ihrem Schlafzimmer, indem das Sofa zum Bett ausgezogen wurde, und war am Morgen bereits wieder im Wohnzimmerzustand. Das Zimmer, in dem meine Schwester und ich schliefen, war durch einen schweren Vorhang zweigeteilt, den meine

Mutter eigens dafür genäht hatte. Wir hatten fast mehr Rückzugsmöglichkeiten als meine Eltern.

Es gab auch keinen Balkon, denn wir wohnten im zehnten Stock und Balkone gab es nur bis Stock neun. Auch der Fahrstuhl fuhr nur bis zum neunten Stock.

Aber das Balkondach – das nutzte meine Mutter. Zum Fensterputzen. Oder sie stellte Stühle darauf, um das Bettzeug zum Lüften darüberzulegen. Heute macht mir schon allein der Gedanke daran Höhenangst. Damals nicht.

Von der Bushaltestelle aus konnte ich samstags weit oben das Federbett als weiße Wolke auf Holzbeinen sehen. Um sieben Uhr morgens.

Wir hatten auch am Samstag Schule. Diese Vormittage nutzte meine Mutter zum Aufräumen und Staubsaugen und eben Bettenlüften. Manchmal winkte sie noch zu mir herunter. Und die anderen Wartenden schauten etwas besorgt zu dieser Frau Holle da oben.

Gelb waren die Busse damals und »Ikarus« stand vorne drauf.

Die Geschichte von Ikarus kannte ich. *Sagen und Fabeln aus aller Welt.* So oder so ähnlich hießen einige Bücher am Kopfende meines Bettes. Ob griechische, arabische oder russische Sagen, ob Märchen oder Mythologie, Götter oder Märchenfeen – die Unterschiede waren mir nicht wirklich bewusst. Das waren alles Geschichten. Geschichten mit Zauberei eben.

Religion gab es nicht für mich. Gott auch nicht.

Aber Weihnachten. Weihnachten gab es.

Als meine Uroma starb – es war im Frühling vor besagtem Weihnachtsabend –, da hatte ich das erste Mal Kontakt mit einem religiösen Menschen: meine etwas jüngere Cousine aus dem Westen.

Sie behauptete, Tick-Omi wäre jetzt im Himmel UND würde vielleicht als Regenwurm wiedergeboren. Zum Beweis hob sie einen Regenwurm in die Höhe, den sie gerade gefunden hatte.

Ich staunte: Sie glaubte das wirklich! Ich fragte sie, ob sie denn ernsthaft an Gott glaube. Natürlich tue sie das.

Ich weiß noch, dass sie mir sehr leidtat und ich deswegen besonders nett zu ihr war. Insgeheim hielt ich sie für etwas zurückgeblieben. Religion war für mich so was Historisches. Noch an alten Bauten erkennbar. Kirchen. Mit guter Akustik für Alte Musik. In eine Kirche gehen, das war wie eine Ritterburg besichtigen. Oder ein Museum.

Unsere Westverwandtschaft kam mit einem weißen West-Auto zur Beerdigung. Als sie dann wieder zurückfuhren, nach Hamburg, winkte ich am Straßenrand und hatte sie sofort vergessen.

Wir hatten auch eine Westverwandtschaft in Frankfurt.

Ich habe dadurch früh eine Ost-West-Schwäche entwickelt. In meiner Vorstellung war Frankfurt ebenfalls eine geteilte Stadt, wie Berlin. Das erschien mir einfach logisch. Warum sollte es zwei Frankfurts geben? Allerdings ging dann alles nicht mehr mit den Himmelsrichtungen auf.

Tick-Omi hatte zwei Weltkriege überlebt und fünfundneunzigmal Weihnachten. Bevor mein Großvater sie kurz vorm Mauerbau in die DDR geholt hatte, hatte sie in Berlin-Charlottenburg gelebt.

Nach ihrer Beerdigung fuhren wir zurück nach Berlin. Wir hatten einen Trabi.

In Champagnerbeige. Für mich gab's nur ein Berlin. Mit Charlottenburg hatte das nichts zu tun.

Bei den Autofahrten konnte ich immer gut lesen, mir wurde nicht schlecht dabei.

»Wird dir nicht schlecht dabei?«

»Nein.«

»Wenn dir schlecht wird, gibst du aber rechtzeitig Bescheid.«

»Ja.«

»Aber wirklich!«

»Ja.«

Ich war auf der Rückbank und im Buch versunken. Vorne raschelte meine Mutter.

»Komm, nimm zur Sicherheit eine Tüte nach hinten.«

In dieser Zeit verschlang ich gerade *Die Söhne der großen Bärin*, sechs Bände über den jungen Dakota Harka. Den Namen der Autorin konnte ich mir nie merken, er war so lang: Lie-se-lot-te Wels-kopf-Hen-rich. Wenn mich wer danach fragte, konnte ich nur in der Verneinung antworten:

»Nein, nicht Winnetou.«

Und: »Nein, nicht Karl May.«

Karl May, den Namen konnte ich mir merken. Er war kurz und fast Karl Marx.

Dieser Name fiel ständig, aber gelesen hatte ich von ihm nichts.

Karl May natürlich schon, der rauschte so durch, nebenbei.

Bücher zog ich einfach aus den Regalen. Zu Hause oder in der Bibliothek, bei meinen Großeltern ... Hin und wieder bekam ich eins geschenkt.

Bücher führten mich weg. Manche las ich innig und mehrmals.

Nun klingt das so, als wäre ich eine wahre Leseratte gewesen, nur Bücher im Kopf. Dem war aber nicht so. Es gab einfach oft die Gelegenheit und das Material.

Wenn ich hätte fernsehen dürfen – ich hätte. Ganz egal wie schwarzweiß unser Fernseher war. Wenn ich krank war, las ich zwar viel, aber am schönsten war es, wenn ich im Wohnzimmer auf dem Sofa liegen durfte und mir meine Mutter, während sie mein Bett in Ordnung brachte und das Zimmer durchlüftete, eine Schallplatte auflegte.

Oder wenn ich eine Schwester in meinem Alter gehabt hätte – ich hätte zu Hause viel mehr gespielt als gelesen. Meine beste Freundin aus der ersten Klasse, die in meinem Viertel gewohnt hatte, war ganz aus Berlin weggezogen, und meine beste Freundin in der neuen Schule wohnte eine Stunde entfernt.

Auf dem Schulweg, wenn ich noch genug Taschengeld hatte, kaufte ich mir beim Umsteigen durchaus lieber ein Eis, anstatt gleich weiterzulesen.

Dann kam der besagte Weihnachtsabend. Ich freute mich irrsinnig, also ganz normal.

Natürlich war ich neugierig auf die Geschenke, aber … der Baum, die Lichter, die Musik und die Eltern, die – gerade noch völlig gestresst – dann ebenfalls vor Vorfreude und vom ersten Glas Rotwein glühten …

Die Weihnachtsstube, so schön hergerichtet! Es ist schon eine Kunst, ein Zimmer, das sich jede Nacht wieder in ein Schlafzimmer verwandeln muss, zu einem so festlichen Raum zu machen. Dabei wusste ich ja, dass meine Eltern viel um die Ohren hatten, beide waren berufstätig, und die Adventszeit war von Hektik geprägt.

Der Baum wurde immer am vierten Advent vom Förster geholt, ein Familienausflug mit anschließendem Essen in der Gaststätte.

Es war ein Ritual, das ich liebte.

Auf dem Weg zum Förster gab es an einer Stelle der Landstraße eine Bodenwelle. Mein Vater beschleunigte dann, meine Mutter schrie: »Nicht so doll!« Meine Schwester und ich riefen: »Doooch!« Und dann kam die Welle, wir hoben kurz ab und landeten rumpelnd mit dem Trabi wieder auf der Straße.

Auf dem Rückweg machten wir das leider nicht.

Mein Vater genoss die Enttäuschung, die er uns bereitete, mindestens genauso wie den Jubel bei der Hinfahrt. Und kostete es aus: Er bremste früh und fuhr, unter dem Protestgeschrei meiner Schwester und mir, immer langsamer auf die Welle zu und dann, fast in Zeitlupe, über diese Hürde hinweg. Dazu machte er ein unschuldiges Gesicht:

Da war ja schließlich der Baum, der halb aus dem Kofferraum guckte und sorgsam nach Hause transportiert werden musste. Und vom Auto in den Fahrstuhl. Mit dem Fahrstuhl bis zum neunten Stock, dann die eine Treppe zu Fuß in den zehnten Stock, durch unsere Wohnung, durchs Fenster auf das Balkondach. Anbinden, damit er nicht abstürzt.

Unten fuhr ein Ikarus vorbei.

Und dann, bald darauf, war es so weit. Heiligabend. Eintreten mit Musik, Baum bewundern, anstoßen mit Saft, etwas naschen, etwas reden, ein paar Albernheiten von meinem Vater, gespielte Empörung meiner Mutter (die echte hatte sie oft genug geübt), alles war schön. Und jetzt noch Bescherung. Den Arbeitstisch hatten sie mit Tannenzweigen geschmückt und mit Geschenken bedeckt. Nicht alles war verpackt, und ich sah zwei große Bücher.

Einen Atlas für Kinder und ein Buch mit dem Titel *Sie alle heißen Indianer* – das war über die ganzen Stämme und die Häuptlinge, Sitting Bull, Crazy Horse und und und … toll! Ich packte weiter die Geschenke aus. Es folgte: »Oh …«, und weiter: »Ah …«, und am Ende: »Dankeschön.« »Danke, Mutti«, »Danke, Papa« … Ich verbarg meine Verzweiflung und meine Scham hinter einem zitternden Lächeln.

Meine Eltern hatten mir ausschließlich Bücher geschenkt.

Mir war so elend, dabei wollte ich nicht undankbar sein. Wirklich nicht. Das waren sicher ganz schöne Bücher. Eins war sogar mit Unterschrift und Widmung von Benno Pludra.

Aber …

»Bist du traurig?«

»Nein, nein!«

»Wegen der Geschenke?«

»Nein, sie sind toll …«

Meine Mutter blickte auf den Tisch: »Ein bisschen viele Bücher«

Da schluchzte es aus mir raus: »Es sind *nur* Bücher.«

Meine Mutter nickte.

Dann nahm sie mich in den Arm.

»Was hättest du dir denn gewünscht?«

»… ich weiß nicht, ein Spielzeug vielleicht. Oder ein Plüschtier.«

Ich wischte die Tränen weg.

***

»Ich kann mir dich gar nicht als neunjähriges Mädchen vorstellen«, unterbricht mein Sohn sein Lesen und blickt vom Buch auf. Er guckt mich prüfend an, grinst, greift zu den Guezlis auf seinem Weihnachtsteller und krümelt rum.

»Och nee, schau, pass doch auf.«

»Tschulligung, Mama«, bröselt es aus ihm heraus auf den Boden.

Es ist der 26. Dezember, und er hat nun doch noch zu dem Taschenbuch *Echte Kerzen wären schon schöner* gegriffen, das unter seinen Weihnachtsgeschenken war.

»Da ist eine Geschichte von mir drin«, hatte ich bei der Bescherung gesagt, und dass es am besten wäre, sie am zweiten Weihnachtstag zu lesen, damit das Datum stimme.

(Ich hatte ihm extra zwei Tage eingeräumt, weil ich wusste, dass ich ihn am Heiligabend damit nicht bedrängen konnte und wollte.)

Unsere Zürcher Wohnung liegt im vierten Stock, und natürlich sehe ich durch unsere Balkontür unten auf der Straße einen Bus vorbeifahren, genau jetzt, in diesem Moment.

»Warum hießen die Busse damals bei euch Ikarus?«

»Das weiß ich gar nicht … und du krümelst schon wieder!«

»Ja doch, Mama.«

»Vielleicht … hm …«, sage ich und betrachte draußen die Häuserfassaden und Fenster.

»Vielleicht …, na ja, Ikarus und sein Vater waren ja in einem Labyrinth gefangen, aus dem sie nicht herausfanden. Ein bisschen wie in einer Stadt. Sie kurvten auch darin herum und kamen nicht raus, so wie die Stadtbusse.«

»Aber Ikarus ist doch abgestürzt.«

»Ja schon … aber für ihn war sein Sturz ja nur ein Bruchteil seines Lebens. Er hat vielleicht Dinge erlebt und gemocht, die wir nicht wissen, einfach weil sie nicht erzählt werden. Und vielleicht hätte er auch das lebenslange Labyrinth dem Absturz vorgezogen.«

»Das Leben ist ja ein Labyrinth«, zitiert er grinsend irgendwen.

›So ein Klugscheißer!‹, denke ich.

»Wie auch immer. Auch ein Pilot, der gerne fliegt, will

nicht nur aufs Fliegen reduziert werden. Der hat im Keller vielleicht eine Modelleisenbahn!«

»Oder ein Plüschtier«, nickt mein Sohn, greift zum Buch und findet die Seite nicht mehr.

SVEN KEMMLER

Moby Dick oder: Die Wahl

> Kleine Seevögel kreisten nun kreischend über dem noch gähnenden Schlund; eine trotzende weiße Brandung schlug dumpf gegen seine steilen Wände. Dann fiel alles in sich zusammen und das große Leichentuch des Meeres wogte darüber hinweg, so wie es wogte vor fünftausend Jahren.
>
> *Moby Dick, Herman Melville*

Nennt mich meinethalben Ismael. Als ich vor einigen Tagen bei knapper Kasse war, das Weihnachtsfest aber näher rückte, beschloss ich, das Naheliegende zu tun und meine rastlose Seele zu besänftigen durch das Einzige, was in solchem Falle und in dieser Jahreszeit der losen Euros jene Sanftheit ins Gemüt zaubert, die uns alle Unbill vergessen lässt: das Shopping nämlich.

Jene Verrichtung also, die, wenn der Antrieb dazu nur nährstoffliche oder sanitäre Pflichterfüllung ist, sich stets wie des Ochsen Joch anfühlt, der damit stumpf und aus niederer Notwendigkeit die Furche tiefer in den Dispo pflügt. Jene Verrichtung aber auch, die zur Adventszeit plötzlich nach gebrannten Mandeln, Gönnung und Geschenken schmeckt.

Und da die längste Zeit des Jahres Käufe ausschließlich solitär, geklickt und collected oder gar bar jeglicher Sinnlichkeit online getätigt worden waren, stand mir der Sinn nach Vielfalt im Erwerblichen, nach einem Ozean der Auslagen, wo Krawatten und Crevetten, Nordsee und aufgetakelte Tie Racks, aber auch Geschmeideschmieden, Modediscounter, Feinkost- und Buchläden, wo Cerealien und Cerebralien nebeneinander am Pier der Shoppingmeile vertäut sind. Nach einem Einkaufszentrum also, oder ganz kurz und knapp: nach einer *Mall.*

Wenn dieser aus Schnellbeton und Alublech gewachsene Hort der Vielfalt, aus dessen Lautsprechern von November an die von Schellen und Glöckchen untermalte Frage »Do they know it's Christmas time at all?« dringt, die von einem cherubinischen Chor der Herzen mit »Ja« beantwortet wird, dann in der stillen Jahreszeit noch festlich geschmückt strahlt und schon von weitem blinkt und leuchtet, so komm auch ich zur Ruhe. Denn mit dem Erwerb schon einer kleinen Überflüssigkeit wird aus einer solchen Mall ein Nachen, auf dem man auf dem Mahlstrom des Marktes aus dem Alltag hinaus in Richtung Feiertage segelt.

Von Vorfreude gepackt und vom Reisefieber geschüttelt, schnürte ich meinen Ranzen und ging die fünfzig Meter vor zur Bushaltestelle.

Quiqueq

Die rieselnden Schneeflocken, die sich nass und pappig ins Revers drängten wie ungebetene, feuchte Küsse, trieben mich unter das plexigläserne Dach des Bushäuschens, in dem eine kleine Bank Refugium bot, mit drei gitternen Sitzplätzen, von denen einer schon besetzt war. Von einer Gestalt, deren Wildheit mir sogleich den Atem nahm.

Aufrecht wie eine Weihnachtskerze saß dort das Abbild einer lang vergang'nen Zeit, ein Riese, oder mindestens ein Sitzriese, den kantigen Schädel kahl geschoren und für die Jahreszeit viel zu leicht bekleidet. Seit Tagen schon ging das Gerücht in der Straße um, ein Kannibale sei in der Dreiundvierzig eingezogen – und nun saß er leibhaftig vor mir. Er trug, die Ärmel zu den Ellenbogen hochgekrempelt, eine abgewetzte Jeansjacke, deren Indigospiel japanische Herkunft vermuten ließ, und darunter nichts als ein Led-Zeppelin-T-Shirt mit sehr großem Ausschnitt. Die haarigen Unterarme, die ledern gebräunte Brust und der nackte Schädel waren über und über mit Tätowierungen bedeckt. Seine groben Kiefer malmten unaufhörlich, während er beinahe versonnen ins trübe Grau des Himmels blickte. Tonlos hörte ich mich ihn fragen:

»Äh, ist da noch ein Platz frei?«

Seine tiefschwarzen Augen bohrten sich in meine, die Kiefer hielten inne und er sprach:

»Hmm, setzi dihi.«

Ich nahm vorsichtig Platz, während er, kauend und erst auf sich und dann auf seinen Mund deutend, weiter ausführte:

»Quiqueq. Lebikisem. Hmm.«

In den Augen des Wilden glomm inmitten der Fremdheit des Ausdrucks nun ein Funken wacher Freundlichkeit.

»Hallo Quiqueq. Ismael. Ich«, erwiderte ich, verbunden

mit der Hoffnung, damit meinerseits friedfertige Absichten kenntlich zu machen. Er schluckte den letzten Bissen herunter, dann hob er nochmals an:

»Žižek! Ich!«, sagte er, um befriedigt seufzend hinzuzufügen:

»Ah! Leberkässemmel.«

»Ja«, entgegnete ich vorsichtshalber.

Und um die darauffolgende Stille nicht allzu bleiern lasten zu lassen, wiederholte ich seine Worte:

»Žižek Leberkässemmel.«

»Ja«, pflichtete er seinerseits bei.

Es ist die Offenheit gegenüber dem Unbekannten, dem vermeintlich Bedrohlichen, die Brücken spannen und es ermöglichen kann, eine Koexistenz zu schaffen, die sogar erste Formen des Austausches ermöglicht. Und sie tut dies mit Worten, denn im Anfang war das Wort, und es war »Quiqueq«. Und diesem Wort folgte »Lebikisem«. Aus dem Wort wurden also Wörter und aus den Wörtern eine Sprache. Und es ist die gemeinsame Sprache stets eine Art Taufe, die es selbst jenen Menschen, deren Sitten und Gebräuche uns wild und grausam erscheinen, ermöglicht, Teil einer größeren Gemeinschaft zu werden, um gemeinsam der wahren Wildnis, der Jahreszeiten, der grausamen Natur, der verspäteten Busse und des matschigen Schneeregens Herr zu werden. »Fürchte dich nicht« heißt es bei Jesaja; und dies ist der Keim, aus dem die Bäume wachsen, die dann geschlagen werden, um das Schiff zu bauen, dessen Mannschaft die Menschheit ist, die jeden Ozean sicher zu überqueren weiß – selbst den der viel zu ausufernden

Metaphorik in Kurzgeschichten von Weihnachtsanthologien.

»Ich hab noch einen Lebkuchen«, sagte Žižek.

»Mmm. Lebkuchen. Ich hatte grade Zimtsterne«, entgegnete ich. »Und jetzt fahr ich zum Shopping!«, fuhr ich fort. »Wegen Weihnachten.«

Seine sich hebenden Augenbrauen ließen Unmut vermuten, deshalb erläuterte ich umgehend:

»Ja, ähm, Weihnachten, das Fest. Da gibt es bei uns Geschenke. Die kauft man vorher ein. Wegen dem Geburtstag. Also vom Jesus. Und dem Weihnachtsmann vor allem. Und so. Das feiern wir jedes Jahr. Ihr auch?«

»Ja. Das jährliche Feiern hat sich bewährt bei Geburtstagen«, sprach er gemessen. Dann erläuterte er mir, dass man dort, wo er herkomme, zur Weihnachtszeit faste; und dass man am Heiligen Abend, der bei ihnen aber kein Abend, sondern der erste Feiertag sei, ein karges Brot esse. Auch habe er Freunde im Thüringischen, die das Fest wohl am Vierundzwanzigsten, jedoch ausschließlich mit Würstel und Kartoffelsalat begingen. Es sei dies seiner Ansicht nach angemessen, schüre doch Verzicht zuvorderst Brüderlichkeit und schärfe zudem die Sinne für das Wesentliche, also die Familie, aber auch die Spiritualität.

Mir wurde gewahr, dass dem Kannibalen, anders als sein Aussehen vermuten ließ, wahrer Edelmut innewohnte, mochten seine Ansichten auch primitiv sein. Ich machte ihn meinerseits mit der Ansicht vertraut, dass es eben nicht der Verzicht, sondern gerade der Konsum sei, der, indem er insbesondere an Weihnachten blühe, die Wirtschaft ankurble und damit all den Händlern, aber auch ihren Angestellten ein Auskommen ermögliche. Indem ich beim Shopping zugunsten der Verkäufer Geld hergebe, handele es sich ja um einen Verzicht, auf mein Geld nämlich, was aber für uns beide durch marktwirtschaftliche Alchemie zum Überflusse führe. Die Brüderlichkeit wächst im Kaufe und stärkt, dank der Mehrwertsteuer, sogar noch das Gemeinwohl. Dies sei eben Zivilisation, sprach ich, aus dem Weniger wird ein Mehr und in der Vorweihnachtszeit zu einem Meer des Mehr.

»Oder so«, fügte ich hinzu. Dann kam der Bus. Wir stiegen ein, und Žižek schwieg bis zum Einkaufszentrum.

Auf dem Markt

Auf dem Vorplatz der großen Eingangstüren herrschte reges Treiben. Dutzende, mit Lametta und Lichtern geschmückte Buden und Stände boten gebrannte Nüsse, glasierte Früchte, Currywürste, Pommes, Schupfnudeln, festliche Figuren aus Marzipan, heiße Maroni, kühles Bier und Glühwein in allen denkbaren Mischungsverhältnissen und Alkoholgehalten. Mit großen Augen schlenderten Žižek und ich durch das immer dichter von immer matschigerem Schnee beschneite Treiben, vorbei an fröhlich glucksenden Kindern, die sich mit grauem Matsch bewarfen, vorbei an fröhlich glucksenden Trinkern, die sich über die dampfenden Tassen mit zuprostenden Blicken bewarfen, und vorbei an Shoppern, deren Mienen man ansah, wie sehr die süßen Verlockungen der Außengastronomie ihre Entschlossenheit zur Warenbeschaffung ins Wanken gebracht hatten.

Als wir kurz vor dem großen gläsernen Portal zum Stehen kamen, um einen Kinderwagen, dessen neugeborene Einlage unter bunten Päckchen und Tüten kaum noch zu erahnen war, passieren zu lassen, drang plötzlich eine dröhnende Stimme an unsere Ohren.

»Ahoi, ihr braven Shopper, wollt ihr euch einen Fuffi verdienen?«

Wie auf Kommando drehten wir uns um und standen vor einer beeindruckenden Erscheinung. Das Erste, was meine Aufmerksamkeit bannte, waren die kohlschwarz brennenden Augen. Sie lagen tief in einem bärbeißigen, bärtigen Gesicht, das von einer hellen Narbe durchzogen wurde, die wie ein Blitz die Wange herunterlief. Seine ebenfalls tiefschwarzen Haare waren von Grau durchzogen. Er trug einen schwarzen Caban und eine ebenfalls schwarze Hose aus schwerem Tuch, die in beinahe kniehohen Lederstiefeln steckte. Wie ein düsterer Quäker war er gekleidet, dessen finstere Aura die Helligkeit der Lichterketten förmlich aufsog wie ein dämonischer Glitzi-Schwamm. So stand er vor uns, und obwohl er kleiner war als Žižek, schienen wir beide doch zu ihm aufzublicken. Ein alttestamentarischer König, dem nur der Reibekuchen in der linken Hand und der nicht mal so kleine Klecks Apfelmus mit saurer Sahne im Kinnbart einen Rest Menschlichkeit verlieh.

»Ich suche eine zuverlässige Mannschaft für einen Einkauf. Wir treffen uns in dreißig Minuten am Eingang vom Elektromarkt. Dann beginnt die Jagd. Wenn alles gutgeht, bekommt ihr fünfzig Euro für eine halbe Stunde. Bis gleich, Männer.«

Ohne eine Antwort abzuwarten und ohne uns eines weiteren Blickes zu würdigen, stapfte er an uns vorbei und verschwand, leicht humpelnd, im Gedränge.

Žižek und ich sahen uns an, mit Blicken, die sich der Ausweglosigkeit einer Weigerung bewusst waren. Wer immer dieser Mann war, er hatte uns an sich gebunden mit seiner übernatürlichen Intensität und seinem Reibekuchen. Wortlos gingen wir zum Eingang.

Der Prophet und die Predigt

Als sich die automatischen Türen vor uns gerade öffneten, wurden wir erneut angesprochen, diesmal von einem neben dem Eingang kauernden, in Lumpen gehüllten Bettler, der eine Flasche Mariacron schwang und rief:

»Untergehen werdet ihr, untergehen mit Mann und Maus. Dem Leibhaftigen habt ihr euch verschrieben, eure Seelen habt ihr verkauft und bezahl'n werdet ihr's. Und zwar mir. Jetzt. Elias heiß' ich wohl, so wie der Dings, der aus'm Buch. Und einen Euro krieg ich, dafür, dass ich euch weissag'. Oder besser zwei. Prost!«

Er nahm einen tiefen Schluck, worauf er friedlich rülpste, während ich verschämt fünfzig Cent hervorkramte und ihm in den kleinen Pappbecher warf, der vor ihm stand und den er mit dem Wort »Profizeiungen« beschriftet hatte. Dann hasteten wir, von einer dunklen Vorahnung begleitet, ins Innere.

Es war, als würden wir eine andere Welt betreten. Sanfte Musik umfing uns in Form einer glöckchenklaren Fahrstuhlfassung von »Jingle Bells« in lauwarmer Lautstärke. Drei grün gekleidete Elfen lächelten uns freundlich an und drückten uns Flyer für einen hawaiianischen Schnellimbiss in die Hand. Wenige Meter weiter schenkte ein Engel einem Kind einen Luftballon. Und dann betraten wir auch schon die Rolltreppe, die uns einem mit leuchtenden Sternen besetzten Dach entgegenschweben ließ, hoch nach droben, in den ersten Stock, wo uns weitere Wunder erwarten sollten.

Im Mittelschiff der Mall war eine große Bühne aufgebaut, auf der liebevoll eine vollständige Krippe mit kunststoffenen Figuren in Lebensgröße errichtet worden war. Umrahmt wurde sie von zwei riesigen Lichtorgeln, die in Regenbogenfarben pulsierten, während seitlich auf einer Kanzel ein Herr mittleren Alters stand, der in einem nicht gänzlich ideal sitzenden, sanft perlmuttfarben irisierenden Anzug, vor dem Kinn ein mächtiges Headset tragend, zu einer Handvoll Menschen sprach, die vereinzelt auf roten Plastikstühlen vor der Bühne rasteten. Um sie herum waberten die Einkaufsströme.

Žižek und ich, fasziniert von der kardinalen Eindringlichkeit des Sprechers, nahmen in der hintersten Reihe Platz und lauschten andächtig. Ich war stolz auf meinen Gefährten, dessen wache Augen verrieten, dass er, wiewohl befremdet und obschon offensichtlich naiv und in Zivilisationsferne aufgewachsen, sich interessiert zeigte an den kulturellen Werten und Gepflogenheiten des modernen Abendlandes, an die der aus den etwas zu kleinen Lautsprechern blechern scheppernde Vortrag gemahnte.

»Liebe Kundinnen und Kunden, im Lukasevangelium finden wir die Weihnachtsgeschichte. Und die wollen auch wir feiern, hier im Einkaufszentrum, mit unserer Riesenkrippe, die wir den tollen Geschäften hier zu verdanken haben. ›Festlichkeit und Kundenservice‹ – das ist nämlich unser Motto, um Ihnen, liebe Kundinnen und Kunden, ein reibungsloses Einkaufserlebnis zu … ähm … geben und … ähm … zu gewährleisten auch. Und Kundenzufriedenheit natürlich. Wir erinnern uns gemeinsam, wie der kleine Heiland im Stall lag. Und seine Eltern Maria und Josef neben seiner Krippe standen. Ja, auch wir haben im Untergeschoss eine große Spielwarenhandlung für die Kleinen. Und Familie ist ja an Weihnachten auch ein großes Thema.

Dann sind da noch die Heiligen Drei Könige, klar, die Geschenke bringen, die auch Sie, liebe Gäste, hier kaufen können. Und Geschenke sind ja das, womit man an Weihnachten zeigen kann, dass man sich mag, und womit man auch das sagen kann, was sich mit Worten allein so schlecht ausdrücken lässt, weil ein gut ausgesuchtes Geschenk mehr sagt als tausend Worte. So wie der Melchior hier, mit dem Gold, das er dem Jesus bringt. Den Melchior hat übrigens die ›Schmuckschatulle Abel‹ gestiftet, wo sie Ketten, Ohrringe und manch schönes Schmuckstück aus edlen Materialien finden. Der Caspar von der ›Bubble-Tea Manufaktur Silver Dragon‹, die über 30 verschiedene Bubble-Tea-Sorten hat, bringt die richtige Würze in die Krippe. Und natürlich – danke an Herrn Abraham vom ›Zigarrenhaus und Lotto‹ – steht daneben der Balthasar mit dem Weihrauch. Eine köstliche Zigarre ist ja was Feines für die Feiertage. Natürlich nichts für die Kleinen, gell.

Und geben Sie Acht auf die Gesundheit, liebe Kundinnen und Kunden, die uns gerade an Weihnachten so wichtig ist, wo wir uns wünschen, dass unsere Lieben gesund bleiben. Zum Beispiel durch Produkte vom Reformhaus, das die Schafsherde links von mir gesponsert hat. Und der starke Ochse hier, der ist von der Metzgerei Matthäus, der leckeren Brotzeit-Metzgerei. Heute im Angebot: Gänsekeulen nur vierundzwanzig fünfundneunzig das Kilo und Festwürste im Speckgebinde für drei Euro neunundneunzig, dazu gibt's eine kleine Glücksschweinchenkerze ganz aus natürlichem Schweinetalg, für das gelungene Adventsdinner.

So, und jetzt wünsche ich Ihnen schöne und besinnliche Stunden hier bei uns im Einkaufszentrum und über die Feiertage, ein frohes Weihnachten und Gesundheit und Freude. Und wenn Sie Fragen haben, wenden Sie sich gerne an unsere Mitarbeiterinnen und Mitarbeiter, denn Customer Care ist für uns kein Fremdwort. Und auch nicht für den Elektrofachhandel Babel, der es ermöglicht hat, dass …«

Hier verstummte er jäh und blickte nervös auf Žižek, der beim Wort »Elektrofachhandel« aufgesprungen war, sich gemessen bekreuzigte und festen Schrittes das Auditorium verließ. Ich folgte ihm sogleich, denn wahrlich, nun da wir wie Brüder ein gemeinsames Schicksal teilten und sowohl Fluch als auch Segen empfangen hatten, wurde es Zeit, unsere Heuer zu verdienen.

Ahabs Auftrag

Auch im Elektrofachmarkt Babel herrschte kein Zweifel darüber, um welche Zeit des Jahres es sich handelte. Gleich einer Ordonanz standen zwei Weihnachtsmänner, einer davon sogar weiblich, am Drehkreuz, das leise summend den Weg ins Innere freigab. Wir warteten eine Weile angespannt, doch unser Auftraggeber ließ sich nicht blicken. Schließlich begannen wir, selbsttätig den gewaltigen Laden, dessen Ausmaß man kaum erahnen konnte, zu erkunden. Und kaum waren wir am dritten Quergang angelangt, sahen wir ihn, einen stattlichen Einkaufswagen führend, inmitten einer ungewöhnlichen Ansammlung stehen. Sofort erspähte er uns, und die fürchterliche Stimme rief uns zu:

»Da seid ihr ja. Kommt näher, Männer. Wie sind eure Namen?«

Wir nannten sie sogleich, und er stellte uns den Rest der Mannschaft vor. Da war zunächst Stubbs, ein arbeitsloser Hafenarbeiter aus den unwirtlichen Teilen Englands, dann Dagu, ein sehr freundlicher Fernmeldetechniker aus den Weiten Afrikas, hinzu kam Fedalla, eine Parsin, die sich als Mobilfunkfachverkäuferin einen Namen gemacht hatte und uns mit finsterem Blick kaum merklich zunickte, sowie Pips, ein quirliger Junge von etwa zwölf Jahren, der einen leicht verwirrten Eindruck machte.

Nachdem er nun alle miteinander bekannt gemacht hatte, hob der finstere Führer an: »Ihr seid meine Mannschaft, ihr seid mein Arm und mein Bein. Ich bin Erwin Ahab, und heute bin ich euer Kapitän, Höchster noch vor Gott, solang wir hier in diesen Breiten fischen. Und fischen werden wir, wir werden heute einen Fang machen, an den ihr noch ein Leben lang zurückdenken werdet. Ich werde heute, mit eurer Hilfe, ein Smartphone kaufen. Aber nicht irgendein Smartphone, nein, ein ganz spezielles Smartphone ist es, das hier drinnen wartet, ungeduldig, um von mir in Besitz genommen zu werden. Ja, meines wird es, meines ist es schon, so will es die Vorsehung, glaubt mir. Sagt, habt ihr schon mal von Moby Dick gehört?«

»Ist ein iPhone. Aber das ist voll das Einzelstück, gibt's nur zehn Mal, Mann«, antwortete Fedalla umgehend.

»Mit Hülle aus Bein. Weiß. Mit G5!«, sprach Dagu andächtig und zeigte seine Zähne.

»Mit Narben aus Platin. Und dem neuen Prozessor!«, raunte Žižek heiser. Ich sah ihn erstaunt an, dann den mich erwartungsvoll musternden Ahab – und zuckte mit den Schultern. Ahab zog die Augenbrauen hoch und die Mundwinkel herunter, worauf Pip sich plötzlich brennend für einen Handstaubsauger im Regal zu interessieren begann. Zuletzt blickte Ahab zu Stubbs, der versonnen meinte:

»Ist es nicht ein Buch auch?«

»Es ist ein Smartphone!«, brüllte Ahab ihn an, was die

Leute in den angrenzenden Gängen ängstlich hinüberblicken ließ. »*DAS* Smartphone.« An die anderen gewandt fuhr er fort:

»Ihr habt völlig recht. Moby ist der Gral der Mobiltelefonie. Eine Legende. Jedes einzelne Bauteil dieses Kunstwerkes ist von limitierter Auflage. Die Hülle wurde aus dem Kiefer eines garantiert walfangfrei gestrandeten Pottwals geschnitzt. Es hat mehr Empfang als die Pforten der Hölle am Jüngsten Tage, es macht Fotos von fünfzig Megapixeln und hat zwei Terabyte Speicher. Und ich, Ahab, werde jedes Bit davon mit meinem Leben füllen. Denn dieses Smartphone wird heute hier auftauchen, das ist gewiss. Der Freund eines Freundes, dessen Frau einen Cousin hat, der einen Mitarbeiter des Herstellers kennt, hat mir anvertraut, dass hier in diesem Elektromarkt innerhalb der nächsten Stunde ein echtes Moby Dick verkauft werden wird. Irgendwo in diesem Tempel der Platinen und Widerstände wird ein Stand errichtet werden. Und der Erste, der es in den Händen hält, wird es sein Eigen nennen und Freude und Zufriedenheit und Akkudauer erfahren, wie niemand zuvor.«

»Hui, hui, wirds Moby Dicks nicht fürchterlichts viel kosts?«, flüsterte Pip ehrfurchtsvoll.

»Nicht, wenn ihr den nur heute gültigen Rabattcode kennt«, und ein feines Lächeln huschte über Ahabs Züge.

»Hashtag NanTucket, mit großem T, Unterstrich, sieben, Komma, drei Ausrufezeichen.«

Man sah uns wohl die Geistesanstrengung an, denn Ahab sprach weiter:

»Versucht nicht, es euch zu merken. Eure Aufgabe wird

sein, den Stand zu finden, an dem das weiße Smartphone präsentiert wird, euch anzustellen und mir den kürzesten Weg dorthin zu weisen. Ich bin nicht mehr der Schnellste, seit mich das iPhone 12, es sei gepriesen, die rechte Kniescheibe gekostet hat. Ihr alle, die ihr meine Augen, meine Ohren seid, ihr werdet ein jeder von euch fünfzig Euro erhalten, wenn Moby Dick in meiner Brusttasche liegt. Doch das ist noch nicht alles. Jetzt kommt ein Karton!«

Ahab griff in seine Tasche.

»Wer mir Moby Dick aussingt, der bekommt diese Originalgoldmünze mit Ludwig Erhard darauf.«

Er hielt eine Münze in der Größe einer alten spanischen Dublone ins Licht. Und tatsächlich, Ludwig Erhard war eindeutig zu erkennen. Staunend blickten wir auf den Schatz, nur Stubbs fragte:

»Ludwig wer?«

Ahab ignorierte ihn und rief: »Und nun ist es Zeit. Haltet Ausschau, suchet und findet mir das weiße Glück!«

»Sir, ist noch Zeit davor, dass ich kurz gehe zu Starbucks?«, fragte Stubbs.

Ahab ignorierte ihn. Also zogen wir in alle Himmelsrichtungen los.

Die Kabel

Schon nach zwei Quergängen hatte ich die Orientierung und die anderen aus dem Blick verloren. Ich sah mich um und bemerkte eine Wand, eine gigantische Wand, Meter über Meter prall behangen von Kabeln. Kabel aller Längen, Stärken und mit Anschlüssen jeder erdenklichen Art versehen. Nie zuvor war mir diese Vielfalt aufgefallen, hatte ich doch bisher stets in meinem Leben, wenn ich vor Auslagen wie dieser zum Stehen kam, gedacht: »Kabel halt.« Doch nun, da das Jagdfieber die Sinne aufs Äußerste geschärft hatte, sah ich eben diese Kabel mit neuen Augen – und war überwältigt. Vor mir hingen, säuberlich eingeschweißt, Netzwerkkabel in drei, fünf, zehn und sogar zwanzig Metern Länge. Sie waren in Rot, Blau, Gelb und Grau erhältlich. Vor meinem geistigen Auge gewahrte ich eine FRITZ! Box, die zwanzig Meter Abstand zum Computer hatte. Welch weiter Weg, welch Wohnung, deren Abmessungen die Notwendigkeit für solche Kabellängen bargen! Und warum dann kein WLAN? Was ist das für ein Gott, der solche Abstände im privaten Wohnen zulässt, ja so weit duldet, dass Kabel von diesen Längen gelötet und vierfarbig angeboten werden können? Ich erschauerte. Wie viele Informationen durch ein solches Kabel wohl im Laufe einer Rechnergeneration als Impulse durch das Kupfer jagen? Allein bei diesem Gedanken fühlte ich mich plötzlich klein und verloren wie ein Staubkorn in der Milchstraße.

Da fiel mein Blick auf ein Scart-Kabel in dunklem Bordeaux nur zwei Meter weiter. Der Urahne des HDMI-Kabels, hier lag er leibhaftig vor mir, in fünfzig Zentimeter Länge. Ich versuchte mir vorzustellen, wer wohl noch Fernsehapparate betrieb, die ein solches Kabel benötigten. Und daran angeschlossen womöglich ein VHS-Rekorder, der vergeblich darum bittet, ein letztes Mal eine Kassette abzuspielen, deren Inhalt er nicht kennt. Gab es diese Geräte wirklich noch und wo waren sie geblieben? Mir schauderte erneut. Es schien mir plötzlich, dass all diese Kabel *Memento mori* wären, die stumm von Friedhöfen ausgestorbener Produkte der Unterhaltungsindustrie zeugten. Den keltischen Steinkreisen gleich, Symbole einer unsichtbaren Kommunikation, deren längst vergessene Protokolle aber weder Sender noch Empfänger finden. Sollte dies das modernde, ja wesende Ende jenes Füllhorns unserer Zivilisation sein, das ich doch immerfort pries? Welche Kabel verbinden die Vielfalt mit der Wertstofftonne? War am Ende doch alles eitel? Nein, das war nicht möglich.

Es musste ein Dämon sein, der mich da überkam, ein *spirito maligno*, die böse Eingebung, die mich foppte und von der Gewissheit abbringen wollte, dass der Markt eben genau so viele Dinge hervorbringt, wie der Mensch Wünsche zu erfüllen hat, also von jener unsichtbaren Hand gelenkt wird, die Moses den Weg wies und Adam Smith die Feder führte, die uns schützt vor der Kälte und Nässe und gleichfarbigen Kabeln.

Und wie ich da den Glauben zu verlieren drohte, fragte ich mich, ob wohl jemand, der von der Jagd nach einem Moby Dick schriebe, sich auch die Zeit nähme, eben diese Momente der Kontemplation, des Zweifels und der inneren Unrast zu beschreiben? Wäre dieses Telefon, nach dem wir hier haschten, ein Fisch, würde der Schreiber künden von der Fischerei oder gar der Takelage, den Kabeln eines Schiffes sozusagen, wenn doch die Verlockung groß wäre, von der *Action* nur zu berichten? Wohl kaum.

In diesem Moment erhaschte ich im Augenwinkel ein zartes Glitzern. Es zog mich zu sich, und ich fand ein iPhone-Ladekabel, das – wohl von Kindeshand – mit einem kleinen Stern beklebt worden war, der golden funkelte. So kam ich wieder zu Sinnen. Gold! Die Dublone! Weihnachten! Die Jagd! Ich beschloss, mir eben dieses Ladekabel selbst zu Weihnachten zu schenken, als Erinnerung an diesen Tag und an die Vergänglichkeit aller Anschlüsse. Dann drehte ich ab und hielt nach Ahab und dem Einkaufswagen Ausschau.

Der Sturm

Ich fand die Mannschaft bei den externen Festplatten, wo sie Ahab von ihren ersten Erkundungen Bericht erstatteten. Nur Pip las stumm vor sich hin murmelnd die Etiketten und Preise der Festplatten. Niemand hatte besondere Vorkommnisse zu melden, lediglich Dagu hatte gesehen, wie ein Stand errichtet worden war, es hatte sich aber um eine Sonderaktion für Zwilling-Messer und -Bratpfannen gehandelt. Im Einkaufswagen erblickte ich einen kleinen Toaster, Batterien und ein aufblasbares Nackenkissen als Beifang, als ein kleiner, kreidebleicher Herr an uns vorbeieilte.

»Ein Sturm, ein Sturm!«, rief er uns zu und verschwand hinter den Grafikkarten. Und es sollte nicht lange dauern, da hörten auch wir, wie erste Sprachfetzen aufzogen, erst leise murmelnd und dann heischend wie Gischt, die an Hafenpollern zerspringt und einem Rasensprenger gleich kleine Tröpfchen verteilt, welche vom Winde gedrängt die Strandflaneure netzen. Sie kamen immer näher, anfangs fremdartig zwitschernd, doch dann bedrohlich aufbrausend, mit einem dumpfen Grollen unterlegt, das von verklemmten Rollen unter den ganz großen Einkaufswagen kündete, jenen Einkaufswagen, die keine Körbe mehr bergen, sondern unbeladen malmend schwingende, eisengefasste Platten in Knöchelhöhe sichelnd schweben lassen, oder aber, befrachtet mit Elektro-Großwild wie Waschmaschinen, Trocknern oder Kühlschränken, donnernd auch die großen Gänge gänzlich zu versiegeln vermögen.

Eilig vertäuten wir den Wagen mit unserer Ladung an einem Regal, das mit Festplatten aller Art bestückt war, und refften unsere Jacken, während Ahab uns streng gemahnte, keinesfalls den bisherigen Fang zu abandonnieren, als sich auch schon der Neonhimmel verdunkelte, die Schleusen öffneten und eine kantonesische Reisegruppe über uns hereinbrach.

Einer der rumpelnden Einkaufswagen blieb in einer unter dem Regal hervorlugenden Kabelkupplung hängen, und das Licht in unserem Sektor des Elektromarktes ging gänzlich aus. Schemenhaft sahen wir Körper und Wägen, die uns umspülten und mitzureißen drohten. Dann ging eine Lichterkette oberhalb der Festplatten an und blinkte, was die Szenerie noch dämonischer wirken ließ.

Stubbs rief Ahab zu:

»Seht Ihr nicht, Mann, Sir, Erwin Ahab, dass Gott will nicht, dass wir die Smartphone kaufen. Es ist Zeit noch umzukehren. Lass uns zu Starbucks gehen und eine Kaffee trinken. Ich flehe an Dich.«

Nur Ahab blieb unbeeindruckt. Er ergriff die Lichterkette genau unter dem Schild »St. Elms Weihnachtsfeuer – 10 Meter« und umschloss sie mit der Faust. Dann rief er uns zu:

»Niemals werden wir weichen. Weihnachten ist das Fest der Liebe und des Schenkens und des Habens. Der Urgrund aller dreier Triebe ist die Gier – aber es ist die Gier nach dem Leben selbst. Und wenn wir Gott verleugnen müssen, um sie zu leben, um ans Ziel aller Wünsche zu gelangen, so fluche ich Ihm. Denn wenn wir den Kauf, zu dem wir bestimmt sind, tätigen, dann werden wir selbst zu Göttern und Teil der Unendlichkeit, durch das reine, das pure, das letzte Haben.«

Zur Decke gewandt rief er donnernd aus:

»Sieh, ich, Erwin Ahab, trotze Dir, schick Deine schlimmste Strafe!«

Und er bürdete dem kleinen Smartphone die Erfüllung aller Träume und Wünsche der Welt auf. Wäre sein Leib eine Einkaufstüte, so läge es als Herz darin und hoffte auf Empfang.

In diesem Moment ging das Licht wieder an. Auf dem Industrieteppich lagen abgerissene Etiketten und Kartonschnipsel. Ansonsten war es still.

Erleichtert, unversehrt davongekommen zu sein, blickten wir uns um, auch um uns dessen nochmals zu vergewissern. Doch noch ehe wir uns sortiert hatten, stand Ahab bereits vor uns und trieb uns an.

»Los, Ihr Faulpelze, noch ist nichts gewonnen. Auf nun zur letzten Schlacht!«

In diesem Moment bog ein Einkaufswagen in den Gang ein, dessen Steuermann und seine Begleiterin sich nach allen Seiten umsahen. Ahab nahm sie sofort ins Visier und schenkte ihnen einen bösen Blick, wohl konkurrierende Telefonjäger fürchtend. Doch der nervös wirkende Mann kam direkt auf uns zugestürzt.

»Entschuldigung, Gardiner mein Name, sagen Sie, haben Sie vielleicht ein kleines Mädchen gesehen, sie ist erst fünf. Sie hat eine blaue Hose an und einen roten Anorak mit einem … Ding darauf, einem … Ding. Ich hab nicht darauf geachtet, wir haben sie verloren, während … während des Sturms. Wir wollten ihr zu Weihnachten ein iPad … Sie ist doch erst fünf. Und Rahel heißt sie. Rahel. Haben Sie sie gesehen?«

»Ahab mein Name. Es tut mir leid, Herr Gardiner, hier ist sie nicht entlanggekommen. Hat jemand von euch das Mädchen gesehen?«, fragte er, ohne sich umzublicken. Nachdem keine Antwort kam, fuhr er fort:

»Aber sagen Sie, Herr Gardiner, ich hätte da meinerseits eine Frage. Haben Sie eventuell einen Stand gesehen? Oder beobachtet, wie gerade ein Stand aufgebaut wurde? Vielleicht mit einem weißen Telefon?«

»Was? Nein, so was habe ich nicht gesehen. Aber könnten Sie und Ihre, äh …« Er sah unsicher zu Žižek. »… Ihre Freunde, Herr Ahab, bitte, könnten Sie mir helfen, Rahel zu finden. Es ist doch Weihnachten!«

»Es tut mir leid, Herr Gardiner. Es ist leider ein sehr ungünstiger Moment. Aber ich bin mir sicher, die kleine … die kleine Dame wird wieder auftauchen, das ist ja immer so. Guten Tag!«

Und mit diesen Worten schob er den Einkaufswagen an Gardiner vorbei und bedeutete uns mit einer knappen Geste, ihm zu folgen. Nur Žižek trat ganz ruhig vor den verschreckten Mann, nickte dessen Frau zu und sagte eindringlich:

»Familie findet sich. Besonders an Weihnachten. Ich werde Ausschau halten.«

Da schallte auch schon Ahabs Organ durch die Gänge, so laut, dass der ganze Elektromarkt innehielt: »Da ist er. Der Stand, der Stand! Selbst hab ich mir mein Gold verdient. Auf, folgt mir, es ist so weit!«

Der Kampf

Irgendwo bei den Back- und Mikrowellenöfen begann ein Säugling zu weinen, einen weiteren konnte man aus Richtung der Kopfhörer hören. Dann knarzten die Lautsprecher.

»Liebe Gäste des Elektrofachmarkts Babel, wir hoffen, Sie genießen Ihren Einkauf und sind gerade dabei, das kommende Weihnachtsfest noch festlicher zu gestalten.

Wir haben heute eine ganz besondere Überraschung für Sie. Als eines von nur zehn Geschäften weltweit sind wir sehr stolz, Ihnen, liebe Kundinnen und Kunden, heute die sensationelle Möglichkeit zu bieten, ein iPhone Moby Dick zu ergattern. Das Moby Dick hat bereits jetzt einen Sammlerwert von ...«

Sodann verstand man nichts mehr, da eine vertraute Stimme die Lautsprecher überbrüllte.

»Vergesst es, das Moby ist mein, mein ganz allein, so will es die Vorsehung. So steht es geschrieben!«

Die Lautsprecher reagierten alsgleich:

»Hören Sie nicht auf den Mann, jeder Kunde und jede Kundin hat die Chance, heute ...«

»Keine Chance! Nicht den Hauch einer Chance! Geht mir aus dem Weg. Fahrt nach Hause, fahrt alle nach Hause!«, tobte Ahab. Die Lautsprecher verstummten kurz. Dann vernahm man eine weitere Stimme, der man Besorgnis anhörte:

»Liebe Kundinnen und Kunden, bitte gedulden Sie sich einen Augenblick. Security, bitte in Sektion D. D wie Dora. Security!«

In diesem Moment bog ich um eine Ecke und sah am Ende eines langen Ganges den weißen Stand, gekrönt von einem weißen Wimpel, der lockend im Lüftchen der Klimaanlage flatterte. Ich tat zwei schnelle Schritte, als ich unvermittelt und grob von zwei Security-Beamten in einen kleinen Spalt zwischen zwei riesigen Flachbildschirmen, beide im Sonderangebot, geschubst wurde. Ich wollte mich gerade wieder aufrichten, als Žižek vorbeistürmte.

»Bleib unten, bleib in Deckung!«, rief mir der Brave zu, dann war er auch schon vorbeigeflogen. Ich zog mich noch ein Stück weiter zurück und bestieg einen Berg von einem Kühlschrank, um mir ein Bild zu verschaffen. Zwei Drittel des Weges in Richtung Stand überholten die Security-Mitarbeiter gerade Ahab, den sie völlig ignorierten, um sich in der schon jetzt größer werdenden Menschentraube um den Stand einen vorderen Platz zu verschaffen. Von Süden her formierten sich wild zusammengewürfelte Einkaufshorden, während aus dem Norden tatarengleich die kantonesische Reisegruppe Zwillingsmesser-bewährt anrückte.

Dagu fiel als Erster. Er wurde von einem der beiden Weihnachtsmänner, die wir am Eingang hatten stehen sehen, rüde umgelaufen. Er schlug in ein Regal mit Christbaumkugelradios ein, worunter er reglos liegen blieb.

Als Nächsten erwischte es den redlichen Stubbs, der sich nicht, wie man hätte vermuten können, zu Starbucks abgesetzt hatte, sondern der Mission treu geblieben war und nun, so kurz vor dem Ziel, unter einer Phalanx Tintenstrahldruckern ein allzu frühes Grab fand, gemeinsam mit Pip, der gerade die Etiketten der im gleichen Regal anhängigen Druckerpatronen studiert hatte, noch kurz Zuflucht auf einem brüchigen Regalboden finden und der wilden Horde zurufen konnte: »Böse Shoppers, Haie seids! Happs, happs, apps, böse Haie seids! Ihr müssts die Giers beherrschen, dann seids Engels«, bevor er fiel.

Žižek, mein Žižek, der weise Wilde mit dem sanften Gemüt, folgte ihnen, nachdem er sich schützend vor zwei

Rentnerinnen geworfen hatte, die, auf der Suche nach einem Geschenk für ihre Enkel, von einem Torpedo aus trocknerbeladenen Einkaufswagen bedroht wurden. Die Damen entkamen, doch mein großherziger Freund, der so wissbegierig unser Weihnachten zu verstehen suchte, erbrachte den größten denkbaren Verzicht.

Von unserer Mannschaft hielt Fedalla am längsten durch. Die starke Parsin mit dem dunklen Wesen schaffte es noch, Hand an den weißen Mobilfunk-Leviathan zu legen und es mit letzten Kräften Ahab in die Hand zu drücken, ehe sie unter Zuhilfenahme von Lametta und Lichterketten gefesselt und dann zerrissen wurde von einem Rudel minderjähriger Hyänen, das angelockt von dem Lärm aus einem der zahlreichen Nagelstudios des Einkaufszentrums gekommen war.

Das letzte Bild, das sich in mein Gedächtnis einbrannte, war Ahab, der, Giambolognas Raub der Sabinerinnen gleich, einen Arm nach oben gereckt hatte und in der Hand etwas Kleines, Weißes hielt, während seine andere Hand auf eine grüne Elfe eindrosch und seine Füße und sein Torso von hungrigen Armen nach unten gezogen wurden. Darüber brach gerade die Stange entzwei, an der der Wimpel gehangen hatte, welcher nun wie Treibgut gen Boden flatterte. Dann sah ich um mich herum nur noch Polizeiwesten, und der beißende Geruch von Reizgas deckte ein olfaktorisches Tuch über den Elektroladen, während ich, so allein wie nie zuvor in meinem Leben, in Richtung Ausgang taumelte.

Epilog

Langsam ebbte der Strom der Krankentransporte zum Elektrofachmarkt Babel ab, und ein emsiger Shopping-Friede senkte sich bleiern über die Mall. Sogar die Powershopper schienen von einer seltsamen Gelassenheit befallen zu sein. Aus den Lautsprechern drangen die Klänge einer preiswerten Orgel, und ein Seemannschor aus New Bedford sang schleppend »I'm dreaming of a white Christmas«. Ich saß teilnahmslos auf einer Bank in Nähe der Rolltreppe, blickte über das ganze grenzenlose Einkaufszentrum und sah doch nichts. Da fühlte ich etwas in meiner Hosentasche. Ich griff hinein und fand das Ladekabel, beklebt mit dem kleinen Stern. Ich betrachtete es stumm, als plötzlich eine helle Stimme zu mir sprach.

»Hallo, du, bist du traurig?«

Vor mir stand ein kleines Mädchen. Es sah mich besorgt an, bevor es mir mit einem schüchternen Lächeln einen kleinen Nikolaus aus Schokolade entgegenstreckte. Es war die schweifend kreuzende Rahel, die immer noch ihre Eltern suchte, aber nur einen anderen Verwaisten fand.

FEE BADENIUS

O Tannenbaum
Eine Weihnachtsgeschichte

O Tannenbaum, o Tannenbaum!
Wie grün sind deine Blätter;
du grünst nicht nur zur Sommerzeit,
nein, auch im Winter, wenn es schneit.
O Tannenbaum, o Tannenbaum,
wie grün sind deine Blätter.

Deutsche Volksweise

»Was, schon Heiligabend? Wirklich?!« Entsetzt starrte meine Mutter auf den Kalender in der Küche, der völlig überraschend den 24. Dezember anzeigte. »Aber es ist doch Sonntag! Ach, so eine Sch ...«

»... schöne Überraschung!«, ergänzte mein Vater eilig, während meine drei kleinen Brüder und ich uns leicht verunsichert ansahen. Das Frühstück war jäh unterbrochen. Hatten unsere Eltern tatsächlich vergessen, dass Weihnachten war? Was würde das für unser Fest bedeuten? Was für unsere Geschenke?

Wir Kinder wussten sehr wohl, dass sich der Wert der materiellen Präsente für uns in erwartbaren Grenzen halten würde. Das war nicht nur zu Weihnachten nichts Neues. So waren wir doch regelmäßig dazu angehalten, die Haustür nicht zu öffnen, da ein Vertreter unseres Stromanbieters dort warten konnte, um den Strom abzustellen. Und immer, wenn ich mich mit meinen Freundinnen zum Telefonieren verabreden wollte, musste ich es so einfädeln, dass *sie mich* anriefen: »Unser Telefon ist kaputt. Man kann nur angerufen *werden*, da ist irgendein Fehler im System.« Der »Fehler im System« war genau genommen die Finanzbuchhaltung meiner Eltern, aber das musste man ja nicht gleich jedem auf die Nase binden. Nichtsdestotrotz, Weihnachten war aber nun mal Weihnachten, und ein paar Dinge gab es dann doch, die man als Kind erwarten konnte, das war selbst unseren Eltern klar.

So hofften wir zumindest, auch wenn uns unsere Eltern jedes Jahr immer wieder auf die sich ankündigende Enttäuschung vorbereiteten: »Es heißt WUNSCH-Zettel, nicht EINKAUFS-Zettel.« »Das Christkind muss ja gaaanz viele Kinder besuchen und jedes möchte etwas abbekommen.« »Es kommt nicht auf den Wert der Geschenke an, sondern auf die Liebe und die guten Gedanken, die sich der Schenkende gemacht hat.« Natürlich stimmte das alles irgendwie, sonst hätte ich es wohl nicht mit mir vereinbaren können, jedes Jahr Gemaltes und Gebasteltes zu verpacken und zu schenken. So weit war mein moralisches Empfinden bereits entwickelt. Und natürlich freute ich mich über die Gutscheine und selbstgestrickten Socken, die ich Jahr für Jahr entpackte, aber eine gewisse Hoffnung, dass es dieses Jahr doch irgendwie zu etwas Größerem gereicht haben könnte, eine basale Gier nach »mehr«, ließ sich nie ganz unterdrücken. Zumal wir von befreundeten Kindern aus der Nachbarschaft wussten, dass das Christkind dort sehr wohl brachte, was man ihm schriftlich aufgetragen hatte. Ich befürchtete also, die kläglichen Präsente wären das Ergebnis meiner mangelnden Abendgebete, die ich versuchsweise dann zumindest in den Adventstagen intensivierte: »Lieber Gott, bitte entschuldige, dass ich mich so lange nicht gemeldet habe. Ich hatte zu tun. Nimm das bitte nicht persönlich. Zu Weihnachten wünsche ich mir ein Pferd. Gute Nacht und Danke für alles!«

Geschenke waren eine Sache. Was aber nicht fehlen durfte – und da waren sich alle in unserer Familie einig –, war ein Tannenbaum. Ein Weihnachtsbaum. Den holten wir traditionell immer erst am Heiligen Abend, um ihn gemeinsam zu schmücken und die Kerzen anzuzünden, echte Kerzen natürlich, damit es richtig nach Weihnachten, respektive nach Bienenwachs roch. Außerdem zwangen uns die echten Kerzen, dem Baum permanent eine gewisse Aufmerksamkeit zu schenken.

Aber dieses Jahr fiel der Heilige Abend auf einen Sonntag – und das war unserer Mutter erst klar geworden, als sie auf den Kalender geblickt hatte. »Wir wollten ja *heute* los, um einen Baum zu besorgen. Na ja, das wird bestimmt trotzdem kein Problem sein. Ist ja schließlich nicht nur bei uns Tradition, den Baum erst an Heiligabend aufzustellen.«

Natürlich wollten wir Kinder alle mit. Also hüpften wir in unsere Winterjacken, sprangen ins Auto und fuhren in die Innenstadt, voller Vorfreude, weihnachtlich-tannenbäumlich gestimmt.

Die Stadt war leer. Völlig leer. Keine nach Glühwein und gebrannten Mandeln duftenden Buden, keine mit heißer

Luft gefüllten Plastikschnee- und Weihnachtsmänner, keine umhereilenden Menschen auf der Jagd nach den letzten Geschenken. Die bunten Weihnachtsmarktstände waren bereits abgebaut, die noch übrigen Buden verrammelt. Weit und breit war niemand zu sehen. Und das Schlimmste: auch keine Weihnachtsbäume. Die kleinen Gitterkäfige aus Bauzäunen, in denen in den letzten Wochen die Weihnachtsbäume so zahlreich herumgestanden hatten und angepriesen worden waren, um dann reich geschmückt in den Wohnzimmern der Familien zu vertrocknen, waren leer.

»Das gibt es auch nur in Schleswig-Holstein, dass Weihnachten schon vorbei ist, bevor es angefangen hat«, schimpfte meine Mutter. Wir Kinder aber wussten: Alle Leute waren bereits zu Hause, saßen in gemütlichen Wohnstuben zusammen, schmückten ihren Weihnachtsbaum, sangen Lieder, verpackten Geschenke, buken Plätzchen, kurzum: Sie trafen die letzten Vorbereitungen für einen festlichen Weihnachtsabend, während wir hier in der menschenleeren Stadt nicht mal einen Tannenbaum fanden. Außerdem hatte es angefangen zu regnen. »Ich find's doof«, sagte unser mittlerer Bruder, und dem war wenig hinzuzufügen.

Alle hatten es jetzt schön. Alle. Nur wir mussten hier auf der Suche nach einem Baum durch die nasskalte Fußgängerzone wandern. Wir fühlten uns wie Maria und Josef auf der Suche nach einer Herberge – zumindest vermuteten wir, dass diese sich so gefühlt haben mussten.

Etwas ratlos lief unsere Mutter mit uns im Schlepptau

über den Lübecker Marktplatz, während uns Kindern derweil schon die ersten Tränen über die Wangen liefen. Weihnachten ohne Baum, das war schrecklich, grausam, die traurigste Form von gefühlter Armut, die wir uns vorstellen konnten. Einen Moment lang herrschte Ratlosigkeit. »Ich find's richtig doof!«, wiederholte der Mittlere.

Was unsere Mutter ihr ganzes Leben lang aber ausgezeichnet hat, war ein phantastischer Pragmatismus. Nach einer kurzen Besinnungspause ging sie schnurstracks zu einem der Haufen, auf denen die Hinterlassenschaften der Weihnachtsmarktdekoration zusammengeworfen worden war: Pappschilder, Tannenzweige, Rindenmulch, Lametta, Plastikbecher und Pommesschalen. Sie wühlte in dem Haufen herum und zog schließlich einen kleinen, zerknitterten Tannenbaum heraus. »Da ist ja unser Baum!«, versuchte sie erfolglos ihre inbrünstig vorgetragene Begeisterung auf uns überspringen zu lassen. Der »Baum« war klein und ziemlich verdreckt, und da er offenbar den gesamten Dezember über angebunden an einen Laternenpfahl verbracht hatte, war er zu einer Seite seiner Äste vollständig verlustig geworden.

»Perfekt. Ich wollte den Baum ohnehin dieses Jahr in die Ecke stellen«, befand meine Mutter und machte sich mit uns Kindern und dem Baum auf den Weg zum Auto.

»Die Ecke«, das war der kleine Bereich zwischen dem Wohnzimmerschrank und der Couch, in dem sich alles sammelte, was »vorübergehend« einen Platz brauchte, weil man es beispielsweise reparieren wollte, das dann aber doch nicht wieder in den alltäglichen Gebrauch zurückkehren sollte. Über die Jahre fanden sich dort unter anderem Spiele, bei denen Figuren fehlten, zerbrochene Holzschwerter, einzelne Hausschuhe, Hundespielzeuge, Werbeprospekte, kurzum Dinge, die sich in der Zwischenwelt von Behalten und Wegwerfen befanden. Verborgen wurde das Ganze durch ein sorgsam darüber ausgebreitetes Tuch. »Tuch drüber« war und ist in meiner Familie bis heute eine sehr beliebte Methode, um »Ordnung« zu schaffen.

»Er hat dort in der Einsamkeit nur auf *uns* gewartet. Wir können ihm nun die Ehre erweisen, ein Weihnachtsbaum zu werden. Dann ist er nicht umsonst gestorben – genau wie Jesus.«

»War das nicht Ostern?«, warf ich ein.

»Also darum geht es doch jetzt wirklich nicht«, entgegnete meine Mutter.

Tatsächlich empfand ich nach einer Weile so etwas wie Mitgefühl für diesen Baum, der dort im Müll gelegen und beinah um die Chance gebracht worden war, als Weihnachtsbaum zu glänzen. Und auch für uns war diese baumgewordene Kläglichkeit die letzte Chance, in diesem Jahr einen Weihnachtsbaum zu bekommen.

Wieder zu Hause, war es quasi unmöglich, den Baum gerade aufzustellen, da er aufgrund der fehlenden Äste starken Überhang zu einer Seite hatte. Schließlich schafften wir es, ihn so in der Ecke des Wohnzimmers zu platzieren, dass er irgendwie hielt. Dazu mussten wir allerdings die astlose Seite weiter nach vorne drehen, als es der Optik dienlich war.

»Kein Problem, wir hängen einfach ordentlich Lametta dran«, verkündete meine Mutter.

Nun stand der Baum zwar aufrecht, immerhin, allerdings war die Spitze des Baumes zu lang, oder anders gesagt: Die Deckenhöhe unseres kleinen Nachkriegssiedlungshäuschens war zu gering.

Kurzerhand knipste unser Vater dem Baum mit einer Rosenschere die Spitze ab, was dem Baum einen noch traurigeren Ausdruck verlieh, als er ihn ohnehin schon hatte. Keine Baumspitze also und nur an einer Seite Äste. »Ich find's richtig, richtig doof«, war das Urteil meines Bruders.

Damit der Baum nicht »oben ohne« blieb, holte unser Vater eine Tube Leim aus der Kellerwerkstatt und klebte den obersten Teil der abgetrennten Baumspitze wieder an. »Phantastisch!«, bewunderte er seine Bastelarbeit. »Ist doch kaum zu sehen, dass ein Teil fehlt, findet ihr nicht auch? Vielleicht können wir auch noch ein paar Äste auftreiben, die wir an die kahlen Stellen schrauben!« Zwar war der Stamm unseres Bäumchens zu schmal, als dass Schrauben Halt daran hätten finden können, aber eines musste man unseren Eltern lassen: So unorganisiert sie waren, was Geld, Geschenke oder Weihnachtsvorbereitungen anging, so kreativ zeigten sie sich im Umgang mit den daraus entstehenden Herausforderungen.

Mit vereinten Kräften schmückten wir nun den Baum mit allem Weihnachtlichen, was wir finden konnten: Orangenscheiben, Tannenzapfen, Lametta, gleich zwei Lichterketten, Christbaumkugeln, kleine Holzfigürchen … Als wir fertig waren, war vom Baum glücklicherweise nicht mehr viel zu sehen – und die Weihnachtsstimmung immens gewachsen. Schon hob unser Vater an zu singen: »O Tannenbaum, o Tannenbaum, du kannst mir sehr gefallen …«

»Es ist wie in der Weihnachtsgeschichte«, sagte unsere Mutter, ganz gerührt von dieser Vorstellung. »Wir geben dem Verstoßenen eine Herberge.«

»Ich glaube nicht, dass Josef und Maria so hässlich waren«, sagte unser mittlerer Bruder und verdrehte die Augen.

Nun, immerhin hatten wir einen Weihnachtsbaum. Traditionell erfolgte an dieser Stelle unser Weihnachtsspaziergang, bei dem es ebenso dazugehörte, dass unsere Mutter entschied, wo wir langgingen. Da sie den Weg aber nur ungenügend kannte, arteten unsere Spaziergänge zeitlich immer etwas aus. Und auch in diesem Jahr kamen wir erst nach etwa vier Stunden wieder zu Hause an, durchnässt und völlig erschöpft. Dann gab es Kartoffelsalat und Würstchen, nach deren Verputzung wir Kinder in unsere Zimmer geschickt wurden, bis »das Glöckchen« klingelte.

Aufgeregt, mit einer Mischung aus Vorfreude und Angst vor zu großer Enttäuschung, warteten wir im Obergeschoss. Eine *kleine* Enttäuschung kalkulierten wir Kinder eigentlich immer ein, zumindest ging es mir so. Sich bloß nicht zu sehr anmerken zu lassen, dass man sich eigentlich etwas anderes vorgestellt hatte. Vor allem wollte ich nicht meine Eltern enttäuschen, die hinter ihren erwartungsvollen Gesichtern zu verbergen versuchten, dass sie mir sehr wohl angemerkt hatten, dass es nicht so ganz das

Richtige gewesen war. So spielten wir alle das fröhliche Weihnachtsmärchen, in beiderseitiger Angst, der jeweils andere könnte etwas von der eigenen Traurigkeit, dem eigenen kleinen »Stich«, bemerken. »Es kommt nicht auf den Wert der Geschenke an, sondern auf die Liebe und die guten Gedanken, die sich der Schenkende gemacht hat«, klangen mir die Worte meiner Mutter stets in den Ohren, aber erst als Erwachsene würde mir ihre Bedeutung aufgehen. Und eigentlich konnte ich ja auch froh sein, dass Geschenke in meiner Familie eine nicht ganz so große Rolle spielten. Angesichts der vielen Gutscheine für »1 × Abwaschen«, »1 × Aufräumen« oder »1 × Babysitten«, die ich über die Jahre kredenzt hatte, wäre ich sonst wohl bis zum Lebensende damit beschäftigt gewesen, bei meinen Eltern den Haushalt zu machen. Freundlicherweise zeigten sie sich zwar immer hocherfreut über die Gutscheine, lösten sie aber nie ein.

Die Zeit verging. Schließlich klingelte das Glöckchen, und wie eine Stampede polterten wir vier Kinder das Treppenhaus herunter.

»Auf Wiedersehen, bis zum nächsten Jahr!«, rief unser Vater, der winkend an der geöffneten Haustür stand. Dann sagte er: »Das Christkind war da, musste aber gleich wieder weiter. Ihr habt es gerade verpasst, so ein Pech aber auch!«

Gemeinsam betraten wir das Wohnzimmer, die »gute Stube«, zumindest war sie das am Heiligen Abend. Und dort stand er, unser Weihnachtsbaum, und wir alle mussten zugeben, dass er kein bisschen kläglich aussah. Die

Kerzen brannten und erfüllten den Raum mit weihnachtlichem Duft, die roten und goldenen Kugeln schimmerten, das Lametta glänzte, die Lichterketten leuchteten, und unten unter dem Baum lagen liebevoll verpackte Geschenke, die auf uns warteten.

Nun mussten wir nur noch die letzte Hürde nehmen, bevor wir endlich auspacken, bevor wir »bescheren« durften: Wir mussten singen.

Das Weihnachtssingen gehörte ebenso wie der Spaziergang zu unserer Familientradition. Dabei ging es nicht nur um einen melodischen Klang, sondern auch um Ausdauer. Unter 30 Minuten Singen kamen wir nie davon, und sollte irgendeiner von uns zwischendurch Anzeichen der Langeweile oder Unlust zeigen, wurde diese Zeit von unserer Mutter radikal verlängert. Das Repertoire unseres Familienchores umfasste dabei alle gängigen Weihnachtslieder, von »Alle Jahre wieder« über »Ich steh an deiner Krippen hier« bis hin zu »Haben Engel wir vernommen« – wobei vor allem das »Gloooooooria« häufiger wiederholt wurde, als vom Komponisten angedacht. Lediglich »Stille Nacht, heilige Nacht« blieb uns erspart, da unsere Mutter die Melodie nicht leiden konnte.

Man darf anhand dieser Schilderung nicht davon ausgehen, dass wir alle textsicher gewesen wären. Nach den ersten zwei bis drei Strophen bastelten wir quasi während des Singens neue Strophen aus Erinnerungsfetzen und Versatzstücken anderer Lieder oder wiederholten einfach noch einmal die uns bekannten Teile:

Haben Engel wir vernommen
singen über Felder weit.
Echo ist vom Berg gekommen,
kündet hell die frohe Zeit.

Glooooria, in excelsis deeeoo!
Glooooria, in excelsis deeeoo!

Sagt ihr Hirten, welche Kunde weckt
in euch den süßen Klang,
Echo ist vom Berg gekommen,
kündet hell die frohe Zeit.

Glooooria, in excelsis deeeoo!
Glooooria, in excelsis deeeoo!

Und natürlich:

O Tannenbaum, o Tannenbaum,
wie grün sind deine Blätter,
der Opa ruft die Feuerwehr,
die Oma schreit: Ich kann nicht mehr.
O Tannenbaum, o Tannenbaum,
wie grün sind deine Blätter.

Wenn es meiner Mutter nach einer gefühlten Ewigkeit endlich reichte, stellte sie die traditionelle Frage: »Sollen wir nun noch die Weihnachtsgeschichte lesen?«, die wir mit dem ebenso traditionellen »Nein!« einhellig beantworteten. Dann durfte endlich beschert werden.

Wir packten unsere selbstgestrickten Socken aus, den Fahrradhelm, die Buntstifte – ein Pferd war wieder nicht dabei, das hatte ich gleich gesehen. Unseren Eltern überreichten wir unsererseits die liebevoll umwickelten Gaben, selbstgemalte Bilder, Gutscheine sowie die verschiedenen mehr oder weniger gelungenen Ergebnisse des Werkunterrichts. Einer der großen Vorteile, wenn man als Kind auf eine Waldorfschule ging, war nämlich: Es gab immer etwas Geschnitztes, das man verschenken konnte.

Allen war sehr feierlich zumute. Doch während wir so dastanden, uns bedankten, die Geschenke in Augenschein nahmen und den Weihnachtsbaum betrachteten, geschah plötzlich etwas Seltsames.

Irgendwo machte es »Klack«, und ganz langsam, wie in Zeitlupe, neigte sich der Baum uns entgegen, um plötzlich mit einem lauten »FUMP« auf den Fliesenboden zu stürzen.

»Baum fällt!«, schrie unser Vater. Sämtliche Kugeln zerstoben in tausend Teile und splitterten durchs Wohnzimmer. Orangenscheiben kullerten durch die Gegend, die Lichterketten flackerten, die Kerzen flammten. In höchster Eile sprangen wir herbei und benutzten unsere Getränke als Löschmittel, um ein mögliches Inferno zu verhindern. Überall spritzte und sprenkelte es nun Limo, Bier, Scherben und Bienenwachs.

Am Fuße des Baumes, am entriegelten Weihnachtsbaumständer, saß mit zitternden Händen und großen Augen unser jüngster Bruder, der laut rief: »Ich war's nicht, ich war's nicht, ich war's nicht!«

»Ich find's richtig, richtig, richtig doof!«, schrie der Mittlere.

Und meine Mutter: »Ach, das macht gar nichts. Da kommt einfach ein Tuch drüber!«

FRITZ ECKENGA

Gott und Gattin

> Die Geburt Christi war aber also getan. Als Maria, seine Mutter, dem Joseph vertraut war, fand's sich, ehe er sie heimholte, dass sie schwanger war von dem Heiligen Geist.
>
> *Das Evangelium nach Matthäus 1,18*

Gott und Gattin (1)
Er hat Rücken

Unjüngst. Na, sagen wir mal: Vor kurzem. Auf jeden Fall: Noch gar nicht so lange her … Ein fieser Wind zog durch die Ritzen. Im Kaminofen brannte ein Holzfeuer, doch gegen die klamme Kälte in den riesigen Räumen konnten die paar dampfenden Scheite nichts ausrichten. Er hatte die Sonne zwar etwas eher aufgehen lassen, aber es reichte nur zu einem undeutlichen Morgengrauen. Die Stimmung am Frühstückstisch war entsprechend: verhangen. Er grummelte.

»Noch etwas Tee, Schatz?«

Nathalies Nicken war kaum wahrzunehmen. Gott goss nach. Sie schnäuzte in ihr halbgefrorenes Taschentuch und begutachtete stirnrunzelnd das Ergebnis. Ach ja. Die Süße war halt etwas kapriziös. Auch dafür liebte Gott seine Frau sehr – seit Ewigkeiten. Ihm war klar, dass sie noch etwas Zeit bräuchte, bis sie aus ihrer Schmollecke rauskäme. Als

Nächstes würde ihr wohl ein etwas zu aufgesetzter Schauer über den Rücken fahren, und dann würde sie mit einer Stimme, die alle Eisblumen hätte auftauen lassen können, seinen Namen hauchen.

»Helmut.«

Sie war die Einzige, die ihn so nennen durfte.

»Ich hol mir hier oben noch den Tod, Helmut.«

Nathalie hasste es, zu frieren. Noch mehr als das aber hasste sie es, sich ihm gegenüber die Blöße zu geben. Auf den gestrigen Abend war sie *weiß Gott* nicht stolz. Sie hatte sich ziemlich aufgeführt. Das sollte ihr so schnell nicht noch einmal passieren, und wenn, dann müsste der Anlass es schon rechtfertigen.

Er hatte ihr Lieblingsessen zubereitet – und es gründlich verhunzt. Eigentlich war Helmut am Herd ja ganz geschickt, aber die Kalbsleber hatte er in der Pfanne nochmal und nochmal getötet. Zäh und ledrig hatten ihr die Fasern in den Zahnzwischenräumen gehangen. Es war wohl die fatale Mischung aus feuchter Kälte und enttäuschtem Appetit, die ihr diese üble Laune eingepflanzt hatte.

»Du, Helmut? Wie hieß nochmal dieser Urmensch, den diese Schnürschuh-Hominiden vor zig Jahren da mal aus den Alpen gekratzt haben?«

»Die Gletschermumie?«

»Ja. Der Typ, der aussah wie so'n geräucherter Bluterguss.«

»Ötzi?«

»Genau. Ötzi. Die Füße von dem, ne?«

»Hm.«

»Die Hornhaut unter den Füßen von diesem Ötzi, ne?«

»Hm.«

»Meinst du, dass man die essen kann?«

Auf diese Frage hatte Gott nicht einmal mehr mit einem »Hm« antworten wollen. Er hatte nur kurz hochgeschaut, damit sie ihre Pointe setzen konnte.

»Aber diese Leber, meinst du, die kann man essen?«

Gott war ein erfahrener Ehemann. Nathalie hatte gefroren – und sie war hungrig gewesen. Unter diesen Voraussetzungen hatte es genau zwei Möglichkeiten gegeben, das Scharmützel zu beenden. Die eine hätte einen langen, ausufernden Streit verheißen, in dem wieder alle alten Geschichten auf den Tisch gekommen wären. Die andere ... doch da hatte Nathalie schon weitergemacht:

»Sag mal, Helmut, wie heißt nochmal diese Jungfrau, mit der du angeblich nicht in der Kiste warst?«

»Ich hab dir schon tausendmal gesagt, dass ich nicht für jede Räuberpistole zuständig bin, die sich die da unten in ihrem Weihrauch-Rausch zusammenphantasieren.«

»Nein, natürlich nicht. Du bist ja auch nur der Allmächtige, ne? Anbeten lassen von morgens bis abends – das hat der feine Herr ganz gern. Aber immer abwiegeln, wenn's um diese Vaterschaftsangelegenheit geht.«

Und so weiter und so fort. Wenn sich Nathalie bei diesem Thema erst einmal so richtig in Fahrt geredet hatte, war kein Ende abzusehen. Gott hatte sich deswegen sofort für die konfliktrationalisierende Variante entschieden und entgegnet:

»Dankbarkeit hat viele Gesichter. Keins davon ist deins.«

Nathalie war daraufhin aufgesprungen, hatte ihr Kinn so hochgerissen, dass die Spitzen ihrer pechschwarzen Locken bis unter den prachtvollen Hintern gefallen waren, und war tonlos im Schlafzimmer verschwunden.

Gott hatte den kahlen Kopf geschüttelt, den Abwasch gemacht, sich eine Handbreit 1600 Jahre alten Lagavullin genehmigt und die Nacht auf der unbequemen Couch im Arbeitszimmer verbracht. Schon als er sich hingelegt hatte, hatte er gewusst, dass es eine kurze Nacht werden würde. Gott hatte Rücken. Der Lendenwirbel machte ihm immer wieder zu schaffen. Das Einzige, was wirklich dagegen half, war – seine Lordsize Aktivschaumkernmatratze, die eine optimale Druckpunktentlastung durch elastische Verteilung des Körpergewichtes auf der ergonomisch aktiven Liegefläche gewährleistet.

Jetzt, beim Frühstück, sah sie natürlich, dass es ihm nicht gutging. Und er sah, dass sie es sah. Gott wusste, dass es nur noch eines nichtssagenden Satzes bedurfte.

»Ist der Tee in Ordnung?«

Sie hob den Kopf und lächelte.

»Das Bett ist noch warm. Was meinst du, Helmut, soll ich dich ein bisschen deblockieren?«

Gott schmunzelte dankbar und schob ein paar sehr dunkle Regenwolken vor das Schlafzimmerfenster.

***

Gott und Gattin (2)
Nach einer wahren Begebenheit

Bisher bei *Gott und Gattin*: Nathalie, die reizende, äußerst attraktive Frau Gottes, litt vorübergehend unter einer leichten Stimmungseintrübung. Gott selbst litt unter Rücken. Eine degenerative Alterserscheinung …

Gott schickt seinen bösestmöglichen Blick in Richtung Erzähler: »Alterserscheinung? Hallo?!«

… liegt hier definitiv nicht vor! Nein – seine paar hunderttausend Jahre sieht man diesem Bild von einem Mann weiß Gott nicht an.

»Geht doch.«

Nathalie war nicht der Typ Frau, der sich allzu schnell langweilte. Sie schätzte die grenzenlosen Freizeitmöglichkeiten, die sich ihr hier oben in Gottes großzügiger Paradise-Lounge boten. Heute allerdings machte sie einen, na, sagen wir mal, unentschlossenen Eindruck – oder wie der große, weise Realist an ihrer Seite denken, aber niemals sagen würde:

»Zehn vor zickig.«

Gott wusste, dass es nun an der Zeit war, die Unruh anzuhalten. Er schenkte seiner Liebsten genau *den* fragenden Augenaufschlag, der es ihr ohne Gesichtsverlust gestattete, ihm ein Signal zu senden, auf dass er dem noch schlafenden Wunsch etwas Leben einhauche.

»Helmut?«

Nathalie war die Einzige, die ihn so nennen durfte.

»Sag mal, Helmut – was läuft denn im Kino?«

Gott warf einen Blick auf den gegenüberliegenden Cinedom.

»*Noah.*«

»Nie gehört.«

»Tierfilm. Nach einer wahren Begebenheit.«

»Ach, ist doch vielleicht ganz schön.«

»Nee. Nicht schön. Ich war bei den Dreharbeiten dabei. Ich kenne den Hauptdarsteller. Ich hab der Flachpfeife damals extra gesagt: Schmeiß bitte dieses hässliche Rhinozeros aus deinem Kahn raus. Auf das Vieh bin ich nun wirklich nicht stolz. Absolute Montagsproduktion.«

»Ich versteh kein Wort.«

»Ist ja auch egal. Er hat es nicht rausgeschmissen. Scheißfilm. Lass uns lieber was Lustiges gucken.«

»Au ja! *Die letzte Versuchung Christi*?«

»Um Himmels Willen!«

»Nach einer wahren Begebenheit. Hihihi.«

»Nix da!«

»Oder 'n schönen Familienfilm? *Das Leben des Brian*?«

»Das wüsste ich aber!«

»Nach einer wahren Begebenheit. Hihihihihi ...«

»Lustig lustig, trallallalla.«

»Ach Helmut – jetzt hab dich doch nicht so. Kannst aber auch manchmal ein richtiger Miesepriem sein, hm? Na komm – dann lies mir halt was vor. Guck mal, da drüben auf der Anrichte, da liegt so'n schönes Coffee Table Book. Die herrlichsten Reliquien der katholischen Kirche.«

Gott wurde misstrauisch. Ihm schwante nichts Gutes.

Trotzdem nahm er das Buch und setzte sich damit zu seiner Frau.

»Komm, Helmut, lass uns Bilder gucken. Das ist echt irre, was die so gesammelt haben. Skelette. Oder nur Knochen. Und wenn sie keine ganzen mehr hatten – Knochensplitter. Oder auch schonmal Unterhosen. Hier, in Trier. Die Unterhose von deinem Sohn. Von Brian. Äh, von Jesus. Von Jesus haben die ganz viel gefunden. Vor allen Dingen, und das ist der Wahnsinn, nicht nur Unterhosen. Auch … was drin war. Hier, guck, Sanctum praeputium, die heilige Vorhaut. Die Vorhaut von Jesus. Der muss ja ziemlich gut ausgestattet gewesen sein. Die haben da nämlich unheimlich viel von gefunden. Es gibt vierzehn katholische Gemeinden, die behaupten, sie hätten Vorhaut-Anteile von Jesus. Und dann gibt es eine ganz berühmte Heilige, die heilige Katharina von Siena. Die hat wohl mal ein bisschen zu lange gefastet und sich dabei eine enorme Ekstase zugezogen. Und mitten in der Ekstase ist dann dein Junge erschienen und hat sie vom Fleck weg geheiratet. Die ist also seitdem praktisch deine Schwiegertochter. Und anschließend hat er ihr einen Ring über den Finger gestreift. Einen Hochzeitsring. Und weißt du, woraus der Ring war, Helmut?«

»Ich hab so 'ne Ahnung.«

»Genau. Sanctum praeputium. Fantastisch, ne? Nach einer wahren Begebenheit!«

Gott würde niemals behaupten, dass ihm die unappetitlichen Marotten seiner merkwürdigen Anbeter gefielen. Aber dass sie dafür sorgten, dass seine geliebte Nathalie eine so gute Laune bekam, erfüllte ihn dann doch mit einer gewissen Dankbarkeit. Und zwar in Ewigkeit. Amen.

***

Gott und Gattin (3)
Last Christmas

Bisher bei *Gott und Gattin*: Nathalie, die reizende, äußerst attraktive Frau Gottes, hatte einen spaßigen Tag mit ihrem Mann verbracht. Sie hatte ihm Abbildungen aus einem amüsanten katholischen Bildband gezeigt …

»Ey, Erzähler. Pass auf, was du erzählst. Sie hatte Spaß. Bei mir ging's so.«

Na gut. Aber die Stimmung war doch ganz …

»Ja ja – war schon okay. Kannst den Mittelteil überspringen. Komm zur Sache.«

Geht klar, Chef. Also – jetzt jedenfalls war ein neuer himmlischer Tag angebrochen. Das Paar hatte es sich auf einer schneeweißen Cumulus-Couch bequem gemacht. Nathalies Kopf lag weich gebettet auf Gottes Bauch. Wir ahnen ihn nur, doch bald – nämlich jetzt – spüren wir ihn auch – diesen Hauch.

»Helmut?«

Nathalie war die Einzige, die ihn so nennen durfte.

»Helmut, sag mal, wann warst du eigentlich das letzte Mal da unten?«

Gott spitzte die Lippen und flötete ein Wölkchen beiseite.

»Wo genau jetzt?«

»Na da. Auf dem kleinen Hübschen da. Dem Blauen. Auf dem bist du doch früher öfter mal spazieren gegangen.«

»Gewandelt, Schatz. Man sagt ›gewandelt‹, wenn der Allmächtige auf der Erde seine Runden dreht.«

»Ach, Helmut. Jetzt spul dich doch nicht so auf. ›Der Allmächtige‹, pfff.«

»Meine Güte – das hab ich mir doch nicht selbst ausgedacht. Ich zitiere nur diese Gläubigen, die mich so anhimmeln.«

Gott war zwar in den letzten zwei Jahrtausenden mehr und mehr auf Distanz zu der selbsternannten Krone seiner Schöpfung gegangen, Koketterie war ihm jedoch nicht gänzlich wesensfremd. Hin und wieder genoss er die rituellen Beweihräucherungen seiner Person durchaus.

»Also, wann wandelten Grundgütiger letztmalig auf Erden?«

»Hm. Weiß ich nicht auswendig. Muss ich nachschauen.«

Gott blätterte in seinem Terminkalender.

»48. KW 2015.«

»48. was?«

»KW. Kalenderwoche, also Menschenkalender. November 2015.«

»Was soll das heißen? 2015?«

»Schatz, das weißt du doch ganz genau: 2015 n. Chr.«

»Ach ja, nach Christus. Sag mal, Helmut, stört dich das eigentlich gar nicht, dass die da unten ihre Zeitrechnung so komplett an den Geburtstag deines Sohnes aus erster Ehe ...«

»Herrgott nochmal – äh – also, Ich nochmal: Es gab KEINE – ERSTE – EHE!«

»Na gut. Wie wollen wir es dann nennen? Was hältst du von ›an den Geburtstag deines Sohnes aus dieser mysteriösen Beziehung‹ koppeln? Last Christmas, I gave you my heart, but the very next day ...«

»Och, Schatz, bitte nicht wieder diese fürchterliche Nummer ...«

»Ach, schau an. Jetzt war es also doch 'ne Nummer? Angeblich ist doch da gar nix gelaufen ...«

Die neckische Flapserei drohte zu eskalieren. Nathalie konnte in dieser Vaterschaftsangelegenheit wirklich gnadenlos sein. Es schmeichelte zwar Gottes Eitelkeit, dass seine Liebste nach all den Jahren immer noch so herrlich eifersüchtig werden konnte, er wusste aber aus langer Erfahrung, dass die Situation nur zu befrieden war, wenn er seine übernatürlichen Fähigkeiten zielführend einsetzte und plötzlich und unerwartet etwas unerwartet Plötzliches geschehen ließ. Gott spreizte den kleinen Finger seiner linken Hand und murmelte etwas.

»This year, to save me from tears, I'll give it to someone special!«

Aus dem kleinen blauen Planeten schoss eine riesige schwarze Rauchsäule empor, die einen üblen Geruch hoch in den sich verfinsternden Himmel trug. Ein graubrauner Fettfilm zog Schlieren über die gerade noch firnschneeweiße Cumulus-Couch. Nathalie sprang entsetzt auf.

»Ihhh! Wie eklig! Haben die Idioten ihren Planeten gesprengt?«

Gott legte seinen starken Arm um Nathalies zarte Schultern und sprach mit tiefstmöglichem Timbre:

»Keine Angst, meine Liebste. Es ist nichts weiter. Auf dem Stuttgarter Weihnachtsmarkt sind nur ein paar Fritteusen explodiert. Lass uns reingehen. Ich brate uns etwas Leber.«

DAGMAR SCHÖNLEBER

Fast alle Lampen an oder: Ein Vorweihnachtsabend in der Familie

Rucke di guck, rucke di guck,
Blut ist im Schuck:
Der Schuck ist zu klein,
die rechte Braut sitzt noch daheim.

Aschenputtel, Brüder Grimm

Es ist Dezember. Nicht erst Anfang Dezember, sondern wir befinden uns zu Beginn des letzten Monatsdrittels. Also genau in der Zeit, in der man langsam anfängt, sich über Weihnachtsgeschenke Gedanken zu machen. Zwar haben sich wie immer alle gegenseitig versprochen, sich nichts zu schenken, doch das bedeutet bloß, dass jetzt alle in heller Aufregung sind, weil sie »doch noch wenigstes eine Kleinigkeit« besorgen müssen, nur um sich gegenseitig versichern zu können, wirklich aneinander gedacht zu haben. Normalerweise stürmt nun jeder einzeln mehr oder weniger heimlich in den letzten Tagen vor Weihnachten, spätestens aber am 24. Dezember los, um überteuerte Kleinigkeiten zu kaufen, die eigentlich niemand braucht, um sich anschließend darüber zu ärgern, dass man wieder nicht standhaft genug gewesen ist und somit auch in diesem Jahr den anderen ihre Rückgratlosigkeit nicht vorwerfen kann. Am Ende des Heiligabends stellt man dann eine weitere Flasche »interessant aromatisiertes« Olivenöl zu den anderen »Kleinigkeiten« aus den letzten Jahren und sagt sich: »Nächstes Jahr schenken wir uns aber wirklich nichts.«

Wenn Sie an dieser Stelle mitfühlend nicken, leben Sie vermutlich in einer Stadt. Oder zumindest in der Nähe einer Stadt, in der es Geschäfte gibt, die »interessant aromatisierte« Öle anbieten und tatsächlich am 24. Dezember noch geöffnet haben. Wir machen diese Hetze seit Jahren nicht mehr mit, was – zugegeben – nicht so sehr an unseren hehren Konsumverweigerungsvorhaben liegt, sondern vielmehr den Möglichkeiten und Umständen geschuldet ist. Wir verbringen nämlich seit 20 Jahren, genauer gesagt, seit meine Eltern in Rente gegangen und aus der Metropole Ostwestfalen zurück in ihr Heimatdorf ins Emsland gezogen sind, jedes Jahr ein paar Tage der Weihnachtszeit in eben jenem Dorf. Wer sich hier etwas Gekauftes schenken will, der muss erheblich früher als am 24. Dezember los und weit fahren, und wer sich etwas im Internet bestellen will, muss mitunter gar in die Zukunft reisen, weil hier noch längst nicht jedes Haus an die große weite Welt des Internets angeschlossen ist.

Aber tasten wir uns langsamer an unsere persönliche Weihnachtsszenerie heran. Stellen Sie sich vor, Sie fliegen über das Emsland. Am besten mit einem Leichtflugzeug, einem Lenkdrachen oder einer Brieftaube, denn mit allen anderen Fluggeräten wären Sie viel zu schnell unterwegs und schon wieder vorbei, bevor Sie richtig hingucken konnten.

Das Emsland ist eine Region im westlichen Niedersachsen, die an Holland grenzt. Im Hellen sehen Sie von oben sehr viel Fläche in unterschiedlichen Grüntönen (Mais-, Kartoffel- und Rübenfelder, die sich mit vereinzelten Waldgebieten abwechseln, wobei die Bezeichnung »Wald« recht hoch gegriffen scheint, handelt es sich doch eher um »Wäldchen«, vorrangig aus Birken oder anderen anspruchslosen Flachwurzlern, die sich in den Moorgebieten am Leben erhalten können), dazwischen ein paar braune Flecken (eben jene Moorgebiete) und ganz vereinzelt dazwischen ein paar Häuseransammlungen, die sich verzweifelt aneinanderdrängen, damit sie nicht in den erwähnten Moorgebieten verloren gehen.

Sie müssen schon recht tief fliegen, um Lingen erkennen zu können, die größte Kleinstadt des Emslandes. In Lingen werden Sie sicherlich an Olivenöl kommen, denn es gibt einen Aldi, einen Rewe und auch einen Lidl, doch wird die Auswahl an »interessant aromatisierten« Ölen hier mehr als bescheiden sein. Es gibt zwar auch den einen oder anderen Deko- und Geschenkeladen, in denen unterbeschäftigte Menschen Produkte verkaufen, mit denen sie sich ihre Midlife-Crisis von der Seele gebastelt haben, aber diese Läden haben generell nur zwei Mal pro Woche vormittags auf und mit Sicherheit nicht Heiligabend. Was aber auch egal ist, denn als »interessant aromatisiert« können Sie ein Olivenöl nur dann einer Bewohnerin oder einem Bewohner des Emslands andrehen, wenn es mit Doppelkorn oder anderem Hochprozentigen angereichert ist. Und am besten lassen Sie das Olivenöl dabei ganz weg.

Wenn Sie jetzt schon so tief fliegen, dass Sie die Supermärkte und Dekoläden erkennen können, werden Sie natürlich auch die großformatigen Hühner-, Schweine- und Kuhställe sehen, die reichlich und gleichmäßig über das Emsland verteilt sind. Grob gesagt gibt es im Emsland nämlich nur von drei Dingen wirklich viel: Natur, Landwirtschaft und Großmastbetriebe. Lassen Sie Lingen aber nun hinter sich. Bewegen Sie sich auf die Mitte der westlichen Grenze zu, und setzen Sie zum Landeanflug an.

Bitte wundern Sie sich nicht, wenn Sie erstmal wenig sehen – hier ist nämlich nichts. Wird es allerdings bereits dunkel, dann sollten Sie sich in ihrem Fluggerät schnell eine Sonnenbrille aufsetzen, denn nun wird die Weihnachtsillumination im Dorf meiner Eltern angeschaltet. Das ist der Moment, in dem in den fünf Sträßchen des Dorfes mehrere Kilometer Lichtschläuche, die die Grundstücksgrenzen und Dachfirste umrahmen, sowie von innen beleuchtete winkende Stoffschneemänner und mit Lichtnetzen umwickelte Buchsbäume anfangen zu funkeln, strahlen und blinken. Ich weiß nicht, seit wann im Dorf der Trend zur Weihnachtsbeleuchtung samt winterlicher Deko so angezogen hat, aber ich glaube, seit etwa zwei Jahren landen die Zugvögel hier, weil sie denken, sie seien bereits am Südpol.

Sobald sich Ihre sonnenbebrillten Augen an die gleißende Helligkeit gewöhnt haben, sollten Sie nach zwei verhältnismäßig dunklen Flecken Ausschau halten, die etwa 350 Meter auseinanderliegen. Das ist Ihr Ziel – hier wohnen meine Eltern und meine Tante Hilla. Alle drei begnügen sich mit je zwei Herrnhuter Sternen als Weihnachtsbeleuchtung. Zum einen, um ihre Stromrechnung kleinzuhalten, zum anderen (und vor allem), weil sie nicht zugeben wollen, dass das Risiko, sich beim Hochklettern der Leiter bzw. beim Herunterfallen von eben dieser den Hals zu brechen, für beide um 98 Prozent gestiegen ist – oder wie mein Vater es formuliert: »Ich weiß doch, wo mein Haus aufhört, ich bin noch nicht so senil, dass ich mir da eine Lichtschranke hinbauen muss!«

Steigen Sie nach einer sanften Landung aus ihrem Fluggerät aus und flanieren Sie eine Runde durchs Dorf. Sie werden feststellen, dass es sich um ein sehr, sehr kleines Dorf handelt, das zum Großteil aus Menschen besteht, die älter als 60 Jahre sind. Falls sie sich an dieser Stelle fragen, wie die ganzen Oldies ihre immense Weihnachtsbeleuchtung installiert bekommen haben: Das Modell der osteuropäischen Pflegekraft, die mit im Haus wohnt, ist hier sehr beliebt, wenn nicht gar für dieses Dorf mit seinen Nachkriegshöfen und großzügig angelegten Einfamilienhäusern erfunden worden. Im Dezember sieht man manchmal vermehrt schlecht gekämmte Seniorinnen und Senioren, die ihre treuen Pflegekräfte mit Lichterkettenpaketen durch ihre Gärten und auf Leitern schicken, um ordentlich aufzutrumpfen.

Im Dorf gibt es keine einzige Ampel und nur einen winzig kleinen Supermarkt, der gleichzeitig Bäcker und Post ist. Das Leben hier »gemächlich« zu nennen, wäre etwas übertrieben. Bis vor kurzem konnte man sich genau an einer Stelle über halbwegs akzeptablen Internetempfang freuen, nämlich am Friedhof. Vermutlich gibt es nur wenige andere Orte, an denen der Friedhof so zuverlässig von lebendigen jungen Menschen bevölkert wird wie hier.

Wenn Sie ihre Spazierrunde vollendet haben, werden erst zehn Minuten vergangen sein und Sie schon wieder vor dem Haus meiner Eltern stehen. Lassen Sie uns eintreten und einen Blick auf eine typische Szenerie am Vorabend des Weihnachtsfestes bei Familie Schönleber werfen.

Hauptaufenthaltsort ist die geräumige Küche meiner Eltern, die, nur durch eine immer offenstehende Schiebetür getrennt, nahtlos ins Wohnzimmer übergeht. Für viele ist Weihnachten die Zeit der Familie und des reichhaltigen Essens. Ich aber sage: Das mit dem reichhaltigen Essen ist bei uns eigentlich immer so, sobald die Familie zusammenkommt – nur an Weihnachten mit anderer Deko. In meiner Familie gibt es, wenn meine Mutter das Sagen hat (und das hat sie), mindestens sechs Mahlzeiten pro Tag: frühes Frühstück, spätes Frühstück, Mittagessen, Nachmittagskaffee, Abendessen, und dann die Mahlzeit, die meine Mutter am liebsten aufträgt, untermalt mit den Worten: »Wir haben noch Reste vom Tag, ich stell das hier mal so hin, das muss ja weg!« Dazwischen gibt es natürlich jederzeit ein paar Snacks.

Oft treffen meine Schwester und ich am 23. Dezember bei meinen Eltern ein; unsere jeweiligen Partner samt Kindern kommen nach. So sitzen wir am Weihnachtsvorabend noch in kleinerer Runde beisammen (was nicht bedeutet, dass weniger auf dem Esstisch zu liegen kommt), oft in folgender Besetzung:

Mein Vater, Mitte 80:
Mein Vater ist kein großer Redner. Kann er auch nicht sein, denn er ist umgeben von Frauen, die ihm wenig Raum zum Reden lassen. So begnügt er sich damit, das Gesagte zu kommentieren. Wenn man meinen Vater fragen würde, ob er sich etwas zu Weihnachten wünsche, würde er vermutlich so etwas sagen wie: »Vielleicht eine Pflanze. Pflanzen sind so schön ruhig.«

Meine Mutter, Anfang 80:
Meine Mutter lebt in der ständigen Angst, dass jemand in ihrer Nähe spontan verhungern könnte. In Sachen Gesprächsführung zeichnet sie sich durch Impulsgebung aus, kann aber meist die von ihr angestoßenen Themen nicht stringent verfolgen, da sie zwischendurch wie ein silberhaariges Eichhörnchen ihre Vorräte durchwühlen muss, um die weiterführende Versorgung sicherzustellen.

Meine Schwester, schon mehrere Male 49 geworden:
Meine Schwester ist ein paar Jahre älter als ich und in erster Linie pragmatisch. Sie sucht Lösungen, nicht Probleme. Sie ist handwerklich geschickt, aber auch kulturell sehr interessiert. Weil ich von Beruf Kabarettistin bin, was in ihren Augen gleichbedeutend ist mit: »Du kriegst ja von Kunst nicht viel mit«, versucht sie, mich bei unseren Treffen bezüglich sehenswerter Filme und Theaterstücke upzudaten. Schon als Kind hat sie mich mit ins Kino geschleppt, wofür ich ihr heute noch sehr

dankbar bin. Einer der ersten Kinofilme, die ich je mit ihr zusammen gesehen habe, war *Drei Haselnüsse für Aschenbrödel*, der Beginn einer langen Weihnachtstradition.

Tante Hilla, 78 Jahre alt:
Wenn wir bei meinen Eltern sind, sitzt gerne noch meine Tante Hilla mit am Tisch. Sie ist das »real wild child« unter den Geschwistern meiner Mutter. Sie ist alleinstehend und deswegen nicht sehr kompromissbereit (oder andersrum, vielleicht ist ihre Kompromisslosigkeit auch der Grund für ihr Singledasein). Sie hört nicht mehr sehr gut, was sie als vorteilhaft empfindet, denn wenn sie etwas nicht hören will, schiebt sie es einfach auf ihr gerade in diesem Moment nicht funktionierendes Hörgerät, zuckt mit den Schultern und sagt: »Ich kann dich leider gar nicht verstehen!« Sie hat einiges an Kritik an der Welt zu vermelden, und das zu jeder Zeit, ganz egal, ob und worüber gerade jemand anderes spricht.

Zu fünft sitzen wir also da, nicht zuletzt, weil wir zu voll gefressen zum Aufstehen sind, und versuchen uns zu unterhalten, damit unsere Münder sich daran erinnern, dass sie noch etwas anderes können, als nur zu kauen. Meine Familie unterhält sich eher assoziativ, nicht themengebunden – ähnlich wie Tante Hilla, nur mit weniger Energie. Das führt zu Loriotesken Konversationen am Esstisch, die stets ungefähr so ablaufen:

MUTTER *(zu mir)*: Und, hattest du schöne Abende mit deinem Programm?

ICH: Ja, ist alles gut gelaufen.

PAPA: Waren auch Leute da?

SCHWESTER: Wir waren neulich mal wieder im Kino, *da* war's vielleicht voll!

HILLA: Gestern Nachmittag im Fernsehen lief überall nur Fußball. Auf jedem Programm! Und das vor Weihnachten! Das braucht doch kein Mensch! Kannst du denen das mal googeln?

ICH: Was?

HILLA: Google denen das mal, dass die nicht in jedem Programm Fußball spielen müssen! Es gibt ja auch Leute, die was anderes sehen wollen!

SCHWESTER: Ja, das stimmt. Und ihr könnt hier ja leider nicht ins Kino gehen. Also bei uns im Kino war neulich Queen-Abend, da lief nochmal dieser Freddy-Mercury-Film. Ganz toll! Dabei bin ich gar nicht so ein Queen-Fan!

PAPA: Die Queen trinkt jeden Tag Gin! Das könnte ich nicht!

MUTTER *(steht auf)*: Ich hab noch Suppe. Möchte jemand Suppe?

HILLA: Und dann hatten die im Frühstücksfernsehen bei den Kochtipps für das Weihnachtsmenü wieder nur so teure Sachen! Können die nicht mal was für 10 Euro kochen? Die haben doch einen Bildungsauftrag, die da von der ARD! Die denken überhaupt nicht an arme Rentner! Dabei gucken das doch bestimmt viele arme Rentner! Google denen das doch mal!

PAPA: Aber du kochst doch gar nicht.

HILLA: Ich kann dich leider gar nicht verstehen …!

MUTTER: Ihr seid doch noch nicht satt, oder? Hier sind noch Nudeln …

HILLA: Neulich war einer auf dem roten Sofa, der hatte 70 Kilo abgenommen!

SCHWESTER: Wer?

PAPA: Wem?! Wem hat der 70 Kilo abgenommen?

MUTTER: Wo hast du denn ein rotes Sofa?

HILLA: Im Fernsehen! 70 Kilo! Aber der hatte auch jeden Tag sechs Tafeln Schokolade gegessen.

ICH: Zum Abnehmen?!

HILLA: Nein, vorher!

SCHWESTER: Dann ist es keine Kunst. Du lässt die Schokolade einfach weg und *zack*, nimmst du ab! Von ganz alleine!

PAPA: Und wenn ich keine Schokolade esse, die ich weglassen kann?

MUTTER *(steht auf)*: Ich hab noch Schokolade. Möchte jemand Schokolade?

HILLA: Nee, ich will ja nicht abnehmen!

PAPA: Ganz sicher nicht, wir armen Rentner sind doch froh über das, was wir haben!

HILLA: Apropos »haben«: Was mir an meinem Rollator noch fehlt, sind ein Seitenspiegel und eine Klingel. Das könntet ihr mir mal schenken!

ICH: Wir schenken uns doch nichts!

SCHWESTER: Seitenspiegel? Wozu? Zum Überholen?

HILLA: Damit ich sehe, was hinter mir los ist, und ich mich

nicht immer dafür umdrehen muss. Und 'ne Klingel für die schwerhörigen Tanten, die überall herumstehen.

MUTTER: Wir holen dieses Jahr keine Weihnachtstanne. Die steht auch nur rum und nadelt.

SCHWESTER: Bin ich froh, dass wir uns nichts schenken!

HILLA: Und 'ne Lampe brauch ich auch für den Rollator, jetzt wo das so früh dunkel wird!

SCHWESTER: Am besten so 'ne Kopflampe, die dahin strahlt, wo du auch hinguckst!

HILLA: Ich geh doch nicht ins Bergwerk! Wie sieht das denn aus!

MUTTER: Ich hab auch noch Stollen! Möchte jemand Stollen?

PAPA: Aber wenn dich jemand überfallen will und du hast 'ne helle Lampe am Kopp, dann machst du einfach so *(schüttelt wild mit dem Kopf)*, und dann sind die total durcheinander!

HILLA: Wenn mich einer überfallen will, dann nehm ich meine Zähne raus, *dann* sind die durcheinander! Und dann werden die schon sehen!

SCHWESTER: Die werden eben nix sehen, ohne Lampe!

PAPA: Du kannst denen ja die Schokolade geben, die du nicht gegessen hast!

MUTTER: Da ist noch Pudding! Das geht auch ohne Zähne!

SCHWESTER: Außerdem brauchst du bei der Festbeleuchtung im Dorf doch gar keine Lampe, um irgendwas zu sehen!

ICH: Wenn wir uns was schenken wollten, dann sollten

wir es so machen wie bei Aschenbrödel, und zwar einfach das Erste, was einem auf dem Weg in den Schoß fällt.

SCHWESTER: Ich fahr bei dem Wetter aber doch nicht Cabrio, schon deswegen, weil ich gar keins hab – wie soll mir denn da was in den Schoß fallen?!

MUTTER: Wer will Nüsschen?

PAPA: Hör mir auf mit Nüsschen! Nachher sind da auch Ballkleider drin und ich muss tanzen gehen!

SCHWESTER: Tanzen hilft ja gegen Alzheimer.

PAPA: Kenne ich Sie?

HILLA: Immer diese Fremdwörter! Auch in der Zeitung! Ich hab da neulich angerufen, bei der Zeitung, und hab denen gesagt, dass die sich mal verständlich ausdrücken sollen. Die benutzen auch so viele englische Wörter! Ich hab dann gesagt, die sollen mir mal erklären was »S-O-U-L« heißt.

ICH: Und?

HILLA: Hat sie dann auch erklärt.

MUTTER: Und was heißt es?

HILLA: Das weiß ich doch jetzt nicht mehr!

PAPA: Alles Perlen vor die Säue …

MUTTER: Ihr könnt auch Streusel auf den Pudding haben!

HILLA: Aber ich hab denen auch gesagt, dass ich doch jetzt nicht für jedes Wort, das ich nicht kenne, bei denen anrufen kann!

PAPA: Da werden sie aber froh gewesen sein.

MUTTER: Das wird ja auch teuer!

SCHWESTER: Du hast doch 'ne Flatrate.

HILLA: Da! Schon wieder so ein Wort!

MUTTER: Aber du rufst jetzt nicht bei der Zeitung an!

ICH: Ich schenk dir mein altes Englisch-Wörterbuch, dann kannst du alles nachgucken.

HILLA: Ich kann dich leider gar nicht verstehen …!

SCHWESTER: Und wir schenken uns nichts, was uns nicht auf dem Weg in den Schoß fällt!

ICH: Ich will aber kein Wörterbuch werfen.

PAPA: Nee, das trifft sie dann am Kopp und dann ist das Buch hinüber.

MUTTER: Hier wirft keiner irgendwas! Ich hol mal was zu trinken, ich bin irgendwie schon satt. Vielleicht sollten wir uns mal ein bisschen die Beine vertreten …

Also stehen wir alle auf, um uns zu bewegen – und zwar die vier Meter ins Wohnzimmer zur Sofagarnitur, wo wir uns erneut setzen. Meine Mutter schenkt allen ein Glas Wein ein, wobei meine Eltern nur je ein halbes vertragen und bald einnicken. Tante Hilla rappelt sich hingegen auf, um sich auf den Heimweg zu machen. Sie schnappt sich ihren Rollator und geht die 350 Meter in leichten Schlangenlinien nach Hause. Nicht, weil sie betrunken ist, sondern weil sie noch keinen Rückspiegel hat und sich immer umdrehen muss, um nichts zu verpassen. Sie wird auch nicht überfallen, denn es ist ein kleines Dorf, man kennt sich halt. Eine ihrer Kurven nimmt sie dabei etwas zu ausführlich. Sie streift die Hecke zwei Häuser weiter, an die die ambitionierten Nachbarn eine batteriebetriebene Lampionlichterkette drapiert haben. Der Rollatorgriff reißt die

Lampionschnur mit sich, welche sich fast wie geplant um Tante Hillas Arm und Taille wickelt. »Na, wenn die mir jetzt mal nicht in den Schoß gefallen ist!«, ruft sie. »Die besten Geschenke macht man sich eben selbst!«

Meine Schwester und ich sehen der 1,48 Meter großen, laufenden Lichterkette noch eine Weile hinterher. Dann trinken wir den Rest Wein, und während Sie, liebe Leserin und lieber Leser, sich wieder in Ihr Fluggerät setzen und sich auf den Weg zu Ihrer persönlichen Weihnachtsszenerie machen (Achtung: Sonnenbrille nicht vergessen, es ist immer noch dunkel bzw. gleißend hell), suchen wir nach dem Sender, der gerade *Drei Haselnüsse für Aschenbrödel* zeigt – und dann, dann ist Weihnachten.

FRITZ ECKENGA

Drinking Home For Christmas

Gnothi seauton. Erkenne dich selbst.

Inschrift am Apollotempel von Delphi

Wir befinden uns irgendwo zwischen Waltrop und Castrop, jenen Gemeinden, die der indigenen Bevölkerung als die »Tropen des Ruhrgebietes« gelten. Am Rande eines mit allerlei Zufahrtsstraßen und Parkplätzen versiegelten Gewerbeparks bietet eine von Gabionen umrankte, in den zeitlosen Modetönen Greige und Gruft gehaltene Niederlassung der Hotelkette Iltis dem Reisenden preiswerte Unterkunft. Am Tresen der Iltis-Resopal-Bar sind zum wer weiß wievielten Male die altgedienten Handelsvertreter Bernd Strohmeyer (Sicherheitstechnik) und Dirk Hambacher (Convenience-Food) zum Sitzen gekommen. Die ermattete Servicekraft der abwaschbaren Herberge hat nach der ersten Flasche Doppelwacholder das Nachschenken ein-, die zweite zur Selbstbedienung freigestellt und sich zum Fortnite-X-Mas-Battle in den an eine Besenkammer erinnernden »Multifunktionsraum« zurückgezogen.

Im blind-violetten Glasschälchen über dem Teelicht wirft ein klebriger Rest Duftöl letzte Blasen. In hinfälligen Lautsprechermembranen verröchelt irgendwas von Chris Rea. Den Schankraum durchweht die vorweihnachtstypische Aromamischung aus aggressiver Melancholie und einer leichten Note Waldsterben. Das alljährliche Jahresendzeit-Trinken der beiden Anthrazitmänner hat jenes Stadium erreicht, in dem alles sagbar scheint, weil das Verstehbare schwindet.

HAMBACHER

Nehmwe noch einen?

STROHMEYER

Ja sicher. Tu rein.

HAMBACHER *(schenkt ein)*

Hm.

STROHMEYER

Und ob du wohl das Glas mal vollmachst?! Pfoach.

(Hambacher schenkt nach)

STROHMEYER

Soll ich dir mal was sagen?

HAMBACHER

Sach doch.

STROHMEYER

Wenn das konjungtu …

HAMBACHER

Wsss?

STROHMEYER

… turell noch 'n halbes Jahr so weitergeht, dann ist der Arsch ab. Aber sowas von ab. Das sach ich dir.

HAMBACHER

Ich weiß.

STROHMEYER

Ach was. Woher willst du das denn wissen?

HAMBACHER

Von dir. Hasse schomma gesacht. Ich glaub, gestern. Und vorgestern. Und letztes Jahr um diese Zeit.

STROHMEYER

Ja und warum wohl? Damit du dir das merken kannst. Du merkst doch nix mehr. Du Pfeife.

HAMBACHER

Nehmwe noch einen?

STROHMEYER

Ja sicher. Mach voll.

HAMBACHER *(schenkt ein)*

Hörmal Strohi. Irgendwie hab ich das Gefühl, dass du rein depressionsmäßig auf der Stelle trittst.

STROHMEYER

Das mit den Depressionen hab ich verstanden. Aber was war das noch gleich am Anfang?

HAMBACHER

Ich hab gesacht, dass ich das Gefühl habe …

STROHMEYER

GENAU! Du hast gesacht, dass du das Gefühl hast.

HAMBACHER

Ja, sach ich doch.

STROHMEYER

Ja, sachst du doch! Sachst du doch! Hambacher! Ich verachte dich!

HAMBACHER

Öfter mal dasselbe. Und wieso diesmal?

STROHMEYER

Weil du diesmal auch noch das letzte Wort entweiht

hast, das die deutsche Sprache für die Beschreibung menschlicher Verhaltensweisen vorrätig hält!

HAMBACHER

Was'n für'n Wort denn?

STROHMEYER

GEFÜHL! Du hast das Wort GEFÜHL in den Mund genommen! Jetzt ist es endgültig verbrannt. Jetzt darf es niemand mehr benutzen, ohne sich ehmfalls schuldig zu machen!

HAMBACHER

Sach mal, kann das sein, dass du gerade versuchst, mich zu beleidigen?

STROHMEYER

JA! Wenn es nur nicht von vornherein so entsetzlich aussichtslos wäre!

HAMBACHER

Warum?

STROHMEYER

Weil ein so durch und durch menschliches Geschöpf wie ich eine seelenlose, mit japanischen Fünfminutenterrinen handelnde Vertreter-Kreatur wie dich überhaupt nicht beleidigen kann!

HAMBACHER

Wieso'n das nicht?!

STROHMEYER

Weil hier drinnen *(schlägt sich auf die Brust)*, wo der Herrgott die Empfindung eingebaut hat, bei dir nur noch ein schockgefrorener Klumpen Haifischflossensuppe sitzt!

HAMBACHER

Vollidiot, besoffener!!!

STROHMEYER

Eiszapfen, selber besoffener!!!

HAMBACHER

Nehmwe noch einen?

STROHMEYER

Ja sicher. Mach voll.

HAMBACHER *(schenkt ein)*

Mensch Strohi ... was'n los? Du bist am Ende ja völlig ... völlig am Ende bist du ja.

STROHMEYER

Weißt du, was Mutter an Weihnachten immer zu uns gesacht hat?

HAMBACHER

Ja sicher. »Frohe Weihnachten«.

STROHMEYER

Nein. Doch. Das auch. Vorher hat sie »Frohe Weihnachten« ... aber nachher, wenn wir alle besoffen waren, da hat sie immer noch was anderes gesagt. Was sehr, sehr Trauriges.

HAMBACHER

Was'n?

STROHMEYER

Gnothi seauton.

HAMBACHER

Wsss?

STROHMEYER

Gnothi seauton.

HAMBACHER

Was soll'n das heißen?

STROHMEYER

Das ist ja das Traurige. Das hat sie uns nie verraten.

HAMBACHER

Sach nochmal.

STROHMEYER

Gnothi seauton.

HAMBACHER

Klingt irgendwie Griechisch.

STROHMEYER

Du meinst, Mutter konnte Griechisch?

HAMBACHER

Na ja – vielleicht vom Kreuzworträtsel her.

STROHMEYER

Ach so. Das kann natürlich sein. Sie hat dann nämlich auch immer noch was vom Orakel vom Delhi erzählt.

HAMBACHER

Delfi.

STROHMEYER

Wsss?

HAMBACHER

Delfi – wie der Fisch.

STROHMEYER

Ach so. Da hat sie wohl was durcheinander geschmissen. Dann ist das vielleicht gar nicht weiter von Bedeutung, oder?

HAMBACHER

Nee. Wahrscheinlich war sie einfach nur besoffen.

STROHMEYER

Dann bin ich ja beruhigt.

HAMBACHER

Na, dann kann Weihnachten ja kommen.

STROHMEYER

Aber vorher nehmwe noch einen.

HAMBACHER *(schenkt ein)*

Ja sicher. Ich mach auch schön voll. Hier. Wohlsein. Frohsfest.

STROHMEYER

Du mich auch.

KATINKA BUDDENKOTTE

Die heiligen Rouladen

Es ist ein hartes Stück Arbeit und ein großes Stück Kunst, dem Leben etwas von seinem Ernst zu nehmen.

Das Hotel New Hampshire, John Irving

Als die Tür hinter uns mit einem sanften »Klock« zufällt, halten wir beide den Atem an. Wir wagen kaum, uns zu rühren, geschweige denn, auch nur einen Schritt weiterzugehen. Denn hier ist schon längst Weihnachten. Es strahlt und funkelt uns silbern entgegen, von allen Seiten her, ein verheißungsvoller Glitzerteppich, nur unterbrochen von Flecken echten, frischen Grüns, die keck aus dem kunstvoll drapierten Zauber ragen. Über der prächtigen Landschaft schwebt die große, rote Kugel, einer zweiten Sonne gleich, nur dass derjenige, der diesem Himmelskörper zu nahe kommt, sich nicht die Flügel versengt und in die Tiefe stürzt, sondern eine gar schaurige Melodie zum Erklingen bringt, die uns Menschenkinder daran erinnert, wie vergänglich alles ist:

WE WISH YOU A MERRY CHRISTMAS, WE WISH YOU A MERRY CHRISTMAS, AND A HAPPY NEW YEAR!

»Pass doch auf!«, motzt mich mein Bruder an. Und obwohl ich mir sicher bin, dass es der Ärmel seiner schneeweißen, voluminösen, sehr teuer aussehenden und unfassbar hässlichen Daunenjacke war, die den Sensor der singenden Todeskugel berührt hat, ziehe ich bedauernd die Schultern hoch. Erstens habe ich kein wirklich originelles Weihnachtsgeschenk für ihn, zweitens will ich ihn nicht von seiner Mission ablenken, an der er zum Glück eisern festhält: Innerhalb von Sekunden hat er die Schachtel aus der Tasche geholt, erst mir, dann sich eine Zigarette zwischen die Lippen gesteckt und beide angezündet. Nach dem ersten Zug lässt er seinen Blick noch einmal über den uns umgebenden Wahnsinn streifen, um festzustellen: »Heilige Scheiße. Es wird jedes Jahr schlimmer, oder?«

»Auf jeden Fall«, bestätige ich schnell, denn lange kann ich nicht die vage Hoffnung aufrechterhalten, dass mein Bruder damit nur den Zustand des Balkons meint.

Im Sommer finden hier mit ein wenig gutem Willen vier normalgroße Erwachsene oder auch sechs der ständig auf wundersame Weise nachwachsenden Nachbarskinder stehend Platz. Ab Ende September jedoch ist der Zugang aus sicherheitstechnischen Gründen auf zwei Personen begrenzt. Und diese beiden ist mein Vater. In nur knapp drei Monaten erschafft er hier mit schier übermenschlicher Kraft und Hingabe ein Winterwunderland der ganz besonderen Art, das ohne Schnee und Eis auskommt, dafür aus Millionen winziger Kalorien besteht. Direkt vom Markt, dem Herd oder aus dem Ofen schleppt er laufend und schnaufend seine Beute her, wobei sein eigenes Körpervolumen ebenfalls auf das doppelte anzuwachsen scheint, welches aber entgegen seiner eigenen Aussage nicht aus reiner Muskelmasse besteht. Etwa drei Viertel dieser Vorräte werden dann bis zum vierten Advent verzehrt, wozu allerlei Festtage ge- und erfunden, die unsere Eltern mit Freuden und Freunden ganz selbstverständlich feiern. Es erstaunt mich immer wieder, wie leicht sich selbst die weltgewandtesten Bekannten unserer Eltern einreden lassen, dass dem Sankt-Martins-Tag ein Nils-Holgersson-Tag folgt, sie die Möglichkeit eines »Brombeermondes« gerne in Erwägung ziehen, oder irgendwann sogar selbst fest überzeugt davon sind, dass der 24. Oktober ein wichtiger Feiertag auf Samoa ist, solange er auf einen Mittwoch fällt. Die einzige Bedingung für ihr zahlreiches Erscheinen scheint nur zu sein, dass so pro Woche acht bis zehn fette Vögel zubereitet und verspeist werden können – wobei die Dunkelziffer wahrscheinlich weitaus höher ist. Wir Kinder stehen in dieser Phase nur telefonisch mit unseren Eltern in Verbindung, da sie ja ununterbrochen befreundete Paare zu Besuch haben, die mit ihnen gemeinsam Gänse, Enten und Truthähne verdrücken müssen, zuzüglich Beilagen und passender Getränke natürlich.

Am 23. Dezember ist dann Schicht im Schacht, es ist vollbracht: In Schalen und Schälchen, Auflaufformen und Förmchen, Eimern und Kübeln befindet sich immer noch so viel Essbares auf diesem Balkon, dass das gesamte Stadtviertel bis Ostern davon zehren könnte. Aber dieser üppige Restposten ist allein für die drei folgenden Feiertage gedacht, damit die Kernfamilie nicht hungern muss.

Sämtliche Behälter, die sich in teils gewagten Winkeln

in den leeren Blumenkästen, neben den Kräutertöpfen und auf der Altpapiertonne stapeln, sind mit Deckeln aus Alufolie bedeckt. Sogar auf der Induktionsherdplatte funkelt und blitzt es. (Wie, Sie haben keine Induktionsherdplatte auf Ihrem Balkon? Sie armer Mensch! Was tun Sie denn, wenn ein Bekannter oder ein vollkommen Fremder auf Ihrem Grundstück steht und hungrig zu Ihnen hinaufguckt? Sagen Sie ihm dann: »Es tut mir leid, ich habe leider keine Induktionsherdplatte auf meinem Balkon, sonst könnte ich Ihnen jetzt ein schnelles Steak braten und Ihnen mit der Grillzange über die Brüstung reichen«? Ich will nicht behaupten, dass ich Ihren Mangel an Planung als unhöflich empfinde, sondern nur: Meinem Vater könnte so eine Peinlichkeit niemals passieren.) Das Glänzen tut nach wenigen Minuten schon ein bisschen in den Augen weh, und richtig dicht hält die Folie auch nicht. Alles, was wir hier nur mit den Ärmeln streifen, droht zu kippen, raschelt aufreizend – oder plärrt uns englischsprachige Weihnachtslieder entgegen. Es ist alles eine …

»… eine Umweltsauerei! Warum verwendet er nicht wenigstens Tupperdosen? Genau! Jede Menge Tupperdosen, das wäre ein gutes Weihnachtsgeschenk für Papa gewesen!«, fällt mir ein.

Mein Bruder stöhnt auf: »Das sagst du jedes Jahr! Und dann vergisst du's, für die nächsten 364 Tage. Außerdem sind Tupperdosen …«

Das Spiel beginnt. Ein Zug, ein Wort, abwechselnd dürfen wir jedes Jahr verkünden, warum die praktischen Frischhaltedosen aus Plastik wohl niemals über die

Schwelle unseres Elternhauses getragen werden, und schon gar nicht in Geschenkverpackung: »Spießig!« eröffnet mein Bruder. Er ist nicht in Bestform.

Ich entgegne: »Spießig? Nur Spießer sagen ›spießig‹! Nein, nein. Tupperdosen sind eher: Vorstadt.«

Mein Bruder sieht mich mitleidig an: »Echt jetzt, Vorstadt? Das ist ja nicht mal ein Adjektiv! ›Tupperdosen Vorstadt, ich Gangster‹, oder was? Dann schon: suburban. Tupperdosen sind suburban.«

Nicht ohne Stolz bläst mein Bruder den Rauch aus seiner langen, geraden Nase. Suburban. An diesem Coup hat er also ein Jahr lang gebastelt. Nicht schlecht. Wir versuchen es im ganzen Satz, aus vollem Halse, in dem Ton, den unser Vater anschlagen würde: »Dieser suburbane Kram kommt mir nicht ins Haus!«

Klock-Tschak.

»Sehr witzig!«, rufen mein Bruder und ich abermals unisono, aber unser Vater hört uns nicht mehr. Er hat gerade die Balkontür von innen verriegelt. Zur Strafe, weil wir frech waren und ihn nachgemacht haben. Oder vorgemacht? Egal. In einer Viertelstunde wird er die Tür wieder öffnen, uns überrascht ansehen und behaupten, er habe gar nicht gewusst, dass wir auf dem Balkon seien.

Nur einmal hat er die Tür erst nach zwei Stunden geöffnet. Ich glaube, es war in dem Jahr, in dem wir gerufen haben: »Dieser evangelische Kram kommt mir nicht ins Haus!« Ob mein Vater sich damals doch einmal geschämt hat, für seine Heidenkinder, die am Vorabend des in diesen Breiten höchsten christlichen Festes lautstark über den angeblichen Ausdruck von Protestantentum durch Tupperdosen lästern? Unwahrscheinlich. Er war ja derjenige, der kurz nach seiner Konfirmation aus dem Verein ausgetreten ist. Mein Bruder und ich gehen davon aus, dass er uns in jenem Jahr einfach wirklich nicht auf dem Schirm hatte. Wir sind ja auch eine große Familie. Nicht zahlenmäßig, aber vom Körperbau her. Wenn dann auch noch ein paar Nachbarn kurz vorbeikommen, um ein frohes Fest zu wünschen und einen Happen zu essen, verliert unser Vater eben leicht den Überblick. Aber irgendwann macht es doch wieder *Tschak-Klock*, spätestens, wenn der Nachtisch vom Balkon geholt werden muss.

Und so lange bleibt uns Zeit, uns gegenseitig noch ein paar Dämonen auszutreiben.

»Soll ich dir etwas aus dem Alten Testament erzählen?«, frage ich.

Mein Bruder lächelt.

Wir lieben unsere Eltern nicht nur dafür, dass sie uns völlig vorurteilsfrei in Bezug auf Religion und Glaubensrichtungen aufwachsen lassen wollten. Sie hatten wirklich geglaubt, dass dies möglich sei. So hatten meine Schwester, mein Bruder und ich teils verwirrende, teils äußerst amüsante Erlebnisse in unterschiedlichen christlich geleiteten Kindergärten und Schulen, da bei uns zu Hause Gott einfach nicht stattfand. Wir widersprachen zwar nicht, wenn die anderen Kinder behaupteten, er würde in der Kirche und ihren Herzen wohnen, aber klammheimlich hielten wir sie für naiv und bedauernswert. Später ärgerte es uns, wenn sie etwas zum Thema Weihnachten, Ostern oder Satanismus angeblich besser wussten als wir, doch unsere Eltern entgegneten auf unser Nachfragen daheim nur: »Das ist doch eine tolle Gelegenheit für euch, einfach mal zuzuhören, wenn die anderen was zu sagen haben! Aber bei all dem Zauber nicht vergessen: Religion ist Opium fürs Volk, und der Papst ist frauenfeindlich und für das Elend der halben Welt verantwortlich!« Zwar war es unseren Eltern nicht gelungen, uns das Talent zum Zuhören zu vererben oder anzuerziehen, aber dafür haben wir alle drei die Bibel nicht nur quergelesen, sondern die besten Stellen zu einem neuen, internen Code verarbeitet. So war beispielsweise Brokkoli das »Bäumchen der Erkenntnis«, da wir den Geschmack als wirklich verboten empfanden, bei der Johannesoffenbarung handelte es sich für uns um die gefürchteten Referate eines meiner Mitschüler, und als das »Alte Testament« bezeichnen wir sämtliche Vorkommnisse, die sich vor der Geburt jenes Menschenkindes abspielten, das meine Oma schon Jahre zuvor mit: »Ich weiß, ihr bekommt noch einen Jungen!« angekündigt hatte. Daher liebt mein Bruder die wüsten Geschichten aus der Zeit vor seinem irdischen Erscheinen – obwohl er weiß, dass ich einiges dazuerfinden muss, um es spannend zu machen.

Ich bin nur fünf Jahre älter als er und habe, trotz meines Elefantengedächtnisses, auch nicht alles aus dieser Zeit behalten können. Aber schließlich geht es ja um die Botschaft, die Lehren, und darum, dass wir beide Trost darin finden können, dass unsere Familie früher mindestens genauso bescheuert war wie heute, nur halt: anders.

Mein Bruder schaut auf seine Armbanduhr: »Klar. Aber

was Kurzes, ich muss noch duschen. Und nichts über Leute, die ich nicht kenne. Und auch nichts über den Hund, das ist immer so traurig, wenn der stirbt. Wie wäre es mit … *Die Ascher meiner Mutter*?« Es ist das Lieblingsgleichnis meines Bruders, und ich kann das sehr gut nachvollziehen: So gut wie alle Todsünden werden angesprochen, und die Romantik kommt auch nicht zu kurz. Also schnappe ich mir die vorletzte Kippe aus seiner Schachtel und beginne:

»Es begab sich zu einer Zeit, als unsere Eltern noch gar nicht wussten, dass sie unsere Eltern werden würden. Na ja, unsere Mutter hatte schon immer geplant, Mutter zu werden, wie du weißt. Nicht ›nur Mutter‹, auf keinen Fall, aber sie wollte mindestens drei Kinder in diese Welt setzen, denn ab dem dritten Kinde, so wollte es das Gesetz, bekam man den sogenannten Karnickel-Pass von der Bahn, und außerdem rechtfertigte die Geburt eines dritten Kindes das Einstellen einer Reinigungskraft, die bei uns …«

»Hey, das ist die falsche Geschichte! Ich will nichts davon hören, dass Feminismus darin besteht, dafür zu sorgen, dass eine Putzfrau sich nach fünf Jahren ihre eigene Putzfrau leisten kann, das habe ich ja selbst miterlebt. Ich musste Jahre lang das Bad putzen, damit wir im Plan bleiben!«, kräht mein Bruder. Und er hat natürlich recht, ich war abgedriftet, hatte die Bücher verwechselt. Also sammle ich mich und versuche, die männliche Perspektive der Weltgeschichte nicht zu vernachlässigen:

»Unser Vater hingegen wollte nie Vater werden – das hat er zumindest behauptet, bis er dreißig war.« Ich lege eine

Kunstpause ein, damit mein Bruder nachrechnen und auflachen kann. Ja, erst Jahre, nachdem seine beiden Schwestern das Licht der Welt erblickt hatten, hat unser Vater diesen runden Geburtstag gefeiert. Mein Bruder darf sich also kurz als einziges Wunschkind fühlen. Es wird die letzte Gelegenheit dafür sein, zumindest für dieses Jahr.

»Jedenfalls: Unsere Eltern kannten sich noch nicht, wohl aber sollten sie verkuppelt werden. Von Nucki und Hanne Stövekemper, die schon damals ein Paar waren, wie heute noch, und aus deren Ehe gingen hervor die Kinder Fabian …«

»Laaangweilig. Erzähl von dem Treffen. Am Rosenmontag. Karneval in Westfalen, das ist so schön gruselig.«

Es ist gar nicht so einfach, jemanden strafend anzuschauen, wenn der einen Kopf größer ist und man dabei riskiert, bei der kleinsten Bewegung an irgendwelche Soßen, Dips oder Cremes zu stoßen. Trotzdem tue ich es, denn sooft wir uns alle bei belanglosen Gesprächen ins Wort fallen: Eine Geschichte, die vor der geschlossenen Balkontür erzählt wird, wird nicht durch Zwischenrufe unterbrochen.

Allerdings muss ich auch noch unter die Dusche, daher fasse ich das höllische Setting straff zusammen: »Also gut. Rosenmontag. Mama und Hanne saßen in der Kneipe. Schlechte Musik, eine einsame Luftschlange im Raum, und unsere Mutter in einem Kostüm, das nur aus einer Kaninchenfelljacke bestand, die Hanne ihr als Verkleidungsersatz notdürftig übergeworfen hatte. Sie wollte schon wieder gehen, da sie einen langen Tag bei der Arbeit gehabt hatte und ihre Füße schmerzten, als – unser Vater durch die Tür hereinkam und unsere Mutter sah. Er fand sie …«

»… rattenscharf!«, unterbricht mich mein Bruder, »weil er sie für eine Prostituierte hielt. Im ersten Moment. Und dann dachte er, sie hätte sich als Prostituierte verkleidet.« Im einmütigen Unglauben schütteln wir die Köpfe. Wie weltfremd müssen unsere Eltern gewesen sein, damals in den ganz späten Sechzigern? Und wie hatten sie dieses Missverständnis nicht nur aufklären, sondern diesen katastrophal verlaufenden Abend in eine Ehe münden lassen können? Die Antwort ist so klar wie tragisch: Es verband beide ein festes, unsichtbares Band: die Nikotinsucht.

»Nachdem unser Vater sich also bei unserer Mutter entschuldigt hatte, und zwar so, wie er es immer tut, nämlich indem er von einem Fettnäpfchen ins nächste tappt, fragte er sie, ob er ihr Zigaretten holen solle. Sie bejahte. Lechzend, nehme ich an. Er hatte aber kein Geld mehr. Alles ausgegeben. Für Essen. Und Benzin, wahrscheinlich. Vielleicht hatte er auch einfach keines mitgenommen, weil er keinen Bezug zu diesen lustig bedruckten Scheinen und ihrem Wert hatte. Oder, wie ich befürchte, er hatte beim Eintritt in die Kneipe gleich mal eine Lokalrunde geschmissen, weil er …«

»… unser Vater ist.« Mein Bruder und ich seufzen leise.

Tschak-Klock.

»Was macht ihr denn hier? Raucht ihr schon wieder? Ich dachte, ihr seid unter der Dusche!« Jetzt geht es bald los. Unsere Mutter ist im Festtagsmodus, Stufe zwei, ihr Auftritt auf dem Balkon kurz vor der Kampfszene in der Küche. Wir sollten ihr jetzt besser einfach die einzige Auflaufform reichen, von der wir wissen, was sich unter der Alufolie verbirgt, aber wir können es nicht lassen, ihre Vorlage war zu gut: »Unter der Dusche? Beide gleichzeitig? Bei aller Liebe …«

»Ach, *ihr*! Ihr seid elende, kleine nutzlose Ferkel, wirklich, nächstes Jahr lassen wir diesen ganzen Mist bleiben, ich habe keine Lust mehr darauf! Wo sind jetzt diese Mistdinger … ah … da!«

WE WISH YOU A MERRY CHRISTMAS, WE WISH YOU A MERRY CHRISTMAS, AND A HAPPY NEW YEAR!

»Diese verdammte Kackkugel kommt jetzt endgültig in den Müll!!«

Klock-Tschak.

Schabodder. Bonk.

Wir stehen mit eingezogenen Köpfen da, erneut ausgesperrt. Sie hat es getan. Sie hat die singende Kugel in den Müll geworfen und die Rouladen neben die Spüle gestellt. Hauptsache nicht umgekehrt. Laut Zeitplan stehen wir also ganz kurz vor dem alljährlichen Scheidungsvorhaben unserer Eltern, daher sollte ich die Geschichte ihrer Eheanbahnung schnell zu Ende erzählen, für einen sauberen Abschluss.

»Damals hat sie noch nicht so geflucht, oder?«, hilft mir mein Bruder auf die Sprünge, und ich bestätige dankbar: »Nein, das hat sie erst von unserem Vater gelernt – und über die Jahre perfektionieren können. Damals war sie noch die Unschuld vom Lande, aber: An jenem Abend hatte sie ihren gesamten Wochenlohn dabei. Einen Zwanzigmarkschein! Den gab sie meinem Vater, auf dass er ihr Kippen hole.«

»Zwanzig Mark? Das sind heute so um die 300 Euro, oder?«

»In etwa. Und was tat unser Vater? Na, er setzte sich auf sein Motorrad und brauste davon! In die dunkle Februarnacht. Aber unsere Mutter wusste, dass er zur Tankstelle fahren würde, denn damals wie heute …«

»… gab es in diesem Kaff keinen Kiosk, der nach 17 Uhr geöffnet hat. Und an Feiertagen schon mal gar nicht!«, ruft mein Bruder.

Tschak-Klock.

»Kinder, geht mal aus dem Weg! Ich muss lüften, und eure Mutter will … kochen!« Wie in jedem Jahr sehen wir die reine Angst im Blick unseres Vaters. Es ist seine Küche. Jede andere Person, die sich dort an etwas zu schaffen macht, verunsichert ihn zutiefst. Aber an diesem Abend ist er zum Sous-Chef degradiert, verdammt dazu, nur die Beilagen zuzubereiten: Rotkohl und Knödel. Und zwar erst dann, wenn unsere Mutter ihr Werk vollbracht und in den Ofen geschoben hat.

»Wo sollen wir denn hin?«, frage ich ihn.

»Keine Ahnung. Springt halt. Ist doch nicht so hoch.« Unser Vater meint das nicht ernst, dass wir uns umbringen sollen. Die Wohnung unserer Eltern liegt im Erdgeschoss, aber vor dem Balkon stehen Fahrräder und Rosensträucher. Wir würden uns aufspießen, wenn wir den Sprung wagten. Außerdem könnten wir wertvolle Speisen und Zutaten mit uns reißen, um die es wirklich schade wäre.

»Mach die Balkontür wieder zu, der ganze Rauch zieht rein! Und bleib bloß aus der Küche raus! Ich bin jetzt dran«, ruft unsere Mutter unserem Vater zu, dann hören wir das Telefon klingeln. Unsere Schwester. Mit ihrem Anruf rettet sie uns, denn wir gewinnen Zeit, die wir alle benötigen.

»Papa, die Knödel und der Rotkohl stehen im Kühlschrank. Wie immer. Aber jetzt geh besser, und nimm Mama das Telefon ab, bevor sie noch was ... Dummes sagt!«, empfehle ich.

Unser Vater seufzt, dreht sich um, und ...

Klock-Tschak.

»Papa!«, schreien wir, aber er hört uns nicht mehr. Wenn in diesem Haushalt etwas ganz dicht ist, dann die Balkontür. Mein Bruder und ich sind dazu verdammt, ohne Zigaretten auf dem Balkon zu verweilen, bis unserer Mutter einfällt, dass ihre zwei jüngsten Kinder schon vor Stunden im elterlichen Heim angekommen sind. Doch im Moment sind ihre Gedanken noch bei ihrer Ältesten, die gerade überlegt, ob sie in diesem Jahr wirklich losfahren soll. Bei dem Wetter ... Wobei es vollkommen egal ist, wie das Wetter gerade tatsächlich ist. Und sie fährt auch nie wirklich los, denn sie *ist* schon längst auf dem Weg zu uns. Das ist ihre Idee von einer festlichen Überraschung. Und in jedem Jahr tun wir alle ganz erstaunt, wenn sie – zwar später als abgemacht – doch noch in der Wohnungstür auftaucht. Wir können ihr das aber auch nicht verübeln. Für eine Nichtraucherin ohne Kochauftrag kann es hier um diese

Uhrzeit schnell brenzlig werden, und eine frühere Ankunft würde ohnehin für niemanden Sinn ergeben, denn dann würde sich unsere Schwester nur in ihrem ehemaligen Kinderzimmer verbarrikadieren, um dort wie früher zum x-ten Mal alleine *Drei Haselnüsse für Aschenbrödel* zu gucken, bevor wir den Film alle zusammen am morgigen Vormittag zum y-ten Mal schauen.

Ich blicke auf meinen linken Unterarm, obwohl ich gar keine Uhr trage. Mein Bruder sagt: »Erzähl einfach zu Ende, das dauert alles noch.«

»Okay. Unser Vater ist also los«, nehme ich den Faden wieder auf, »mit all dem Geld von unserer Mutter. Und es erhoben sich wohl Zweifel, ob er jemals wiederkehren würde, aber dann, eine gute halbe Stunde voll des Hoffens und Bangens später, stand er wieder da, in der Kneipe. Vor unserer Mutter. Aber nicht mit einer Schachtel Zigaretten – sondern mit einer Stange Zigaretten! Er hatte ihren ganzen Lohn ausgegeben. Für Zigaretten. ›Unfassbar, der Kerl‹, hat sich unsere Mutter dann gedacht. Aber immerhin war's ihre Marke.«

»Und, was ist dann passiert?« Mein Bruder weiß genau, was dann passiert ist, zumindest aus meinen Erzählungen, die ich mir ja auch nur zusammengereimt habe, die aber den Zeugenbefragungen zufolge durchaus stimmig sind.

»Na ja, sie haben geraucht. Und getanzt. Dann wieder geraucht. Und zum Schluss haben sie sich für den nächsten Tag verabredet, denn eine ganze Stange, das haben selbst die beiden nicht geschafft. Also haben sie sich erneut getroffen, nüchtern und bei Tageslicht. Und sie mochten sich immer noch. Dann sind sie zusammengezogen und haben geheiratet. Sie haben den Hund gekriegt. Anschließend unsere Schwester, danach mich, dann große Pause, und zum Schluss dich. Und während dieser ganzen Zeit haben sie: geraucht wie die Schlote! Überall standen Aschenbecher. Selbst im Bad! Und den größten, wenn auch nicht schönsten Aschenbecher, den hatten sie von mir. Ich hatte ihn damals im Kindergarten getöpfert. Zum Muttertag. Und du weißt, wo dieser Aschenbecher heute ist und welchem Zwecke er dient, einmal im Jahr?«

Mein Bruder nickt: »Ja, klar.« Dann schweigt er, und eine Weile stehen wir stumm in dem Alu-Wunderland.

»Irgendwie hast du die Geschichte schon mal besser erzählt«, unterbricht mein Bruder die Stille. »So, dass alles irgendwie einen Sinn ergibt. Fehlte da nicht was? Ach, ich weiß auch nicht. Mir ist kalt. Ich hab Hunger. Und müde bin ich auch. Lass mal reingehen …«

Völlig verwirrt vom Nikotinentzug versucht er, die Balkontür von unserer Seite aus zu öffnen. Das funktioniert natürlich nicht. Zu leichtes Spiel für etwaige Einbrecher, die über die Fahrräder und Rosensträucher auf den Balkon klettern könnten, um … Essen zu klauen? Oder meiner mit einem großen Messer bewaffneten Mutter in die Arme zu rennen, die eh schon auf 180 ist? Na ja, es ist ja nicht immer Weihnachten. Sogar die meiste Zeit im Jahr nicht. Unsere Eltern fahren oft in den Urlaub. Sie haben die Kohle, seit sie nicht mehr rauchen. Fernreisen mit Übernachtung in Luxushotels, das ist seit vielen Jahren ihre Leidenschaft. Dort kann mein Vater nicht kochen, und meine

Mutter muss daher nicht täglich joggen gehen, um ihre schlanke Linie zu halten. Entspannung pur, für beide. Wenn sie wieder nach Hause kommen, redet mein Vater natürlich wieder davon, dass er eines schönen Tages ein eigenes Restaurant eröffnen will. Und dann fängt er wieder an, dafür zu trainieren, den Balkon vollzuschaufeln und die Mägen von Freunden, Bekannten und Nachbarn zu füllen. Oder Steaks für völlig Fremde zu braten, die vor dem Balkon stehen. Jeder, der hungrig ist, wird gefüttert, bis er satt ist. Bezahlen muss dafür niemand. Das ist das Einzige, woran mein Vater glaubt, denke ich.

Klock-Tschak.

»So, die Rouladen sind im Ofen, ihr könnt reinkommen!«, verkündet unsere Mutter. Es klingelt. Unsere Schwester trifft ein. Wir sind alle *ganz erstaunt*, dann bewundern wir zusammen den wunderbaren Weihnachtsbaum, den größten und prächtigsten, den wir je hatten, und schief steht er auch nicht, da er ja von dem Aschenbecher gehalten wird, den ich im Kindergarten gebastelt habe. Der wiegt um die acht Kilo und hält bombenfest. Wir mussten ihn damals mit einem Bollerwagen hierhertransportieren. Auch eine schöne Geschichte, die aber nie jemand hören will, weil der Bollerwagen am Ende zusammengekracht ist und unsere Mutter damals geschworen hat, niemals wieder ein selbstgebasteltes Geschenk von irgendeinem ihrer Kinder zu irgendeinem Feiertag anzunehmen. Gutscheine inbegriffen.

Nach der Baumbewunderung will meine Schwester duschen. Wie wir alle. »Ihr hättet den ganzen Tag Zeit dafür gehabt«, bezichtigen wir uns alle gegenseitig, immer wieder, aber dann fällt uns ein, dass wir ja auch den ganzen Tag Zeit gehabt hätten, um Geschenke einzupacken, und wir stürmen in unterschiedliche Zimmer. Wer Glück hat, erwischt das Bad.

Irgendwie schaffen es dann doch alle nacheinander unter die Dusche, und teilweise sogar frischer aussehend als vorher. Inzwischen sind auch die Nachbarn eingetroffen, die am Esszimmertisch sitzen und sich schon einmal Mut antrinken, bevor das große Fressen beginnt. Sobald sämtliche dampfende Platten und Schüsseln auf den Tisch gestellt und mit dem richtigen, festlichen Greifbesteck versehen wurden und wir es in einer eher durchschnittlich komplizierten Choreographie geschafft haben, dass jeder einen gigantischen, lückenlos gefüllten Teller vor sich hat, werden die ersten Bisse tatsächlich nur durch genießerisches Seufzen begleitet. Dann aber ist es Zeit, das phantastische Essen zu loben. Gut, der Rotkohl ist Rotkohl. Aber fehlt da vielleicht der Zimt drin? Egal, trotzdem ganz lecker. Die Knödel hätten noch eine Minute gekonnt, sicher. Aber die Rouladen: ein Gedicht! Ab und zu rennt unser Vater in die Küche, um Salz, Pfeffer oder eben Zimt zu holen, und alle trinken ganz schnell ihren Wein oder ihr Bier leer, denn es tut jedem in der Seele weh, ein so großartiges, perfektes Essen kleinzureden, auch wenn alle am Tisch wissen, welchem Zweck die harsche, nein vollkommen unberechtigte Kritik dient – zumindest auf lange Sicht gesehen.

Nach dem Tiramisu verschwinden mein Bruder und ich noch einmal kurz auf den Balkon.

»Manchmal tut er mir leid«, sagt mein Bruder.

»Aber es muss sein. Das wissen alle. Am Heiligen Abend muss er gestoppt werden, sonst macht er wirklich ein Restaurant auf! Und was dann folgt, können wir uns denken: Er geht sofort pleite, unsere Eltern landen in der Altersarmut, und wir erben nichts!«, fasse ich zusammen. Dann müssen wir sehr laut lachen. Was sollten wir erben? Schwerverderbliche Hülsenfrüchte, die Tiefkühltruhe oder die Sammlung antiker Trüffelhobel?

Mein Bruder öffnet das Weihnachtsgeschenk, das ich ihm gerade in die Hand gedrückt habe, und hält mir die Schachtel hin. Ich nehme eine Zigarette, zünde sie aber noch nicht an.

»Willst du noch eine Geschichte hören? Vielleicht die von der Vollkornpizza des Grauens? Oder dem Schmortopf, der in die Luft geflogen ist? Vom Käsekuchen, den nicht mal der Hund fressen wollte? Bei aller Liebe, Rouladen sind wirklich das Einzige, was unsere Mutter hinkriegt, ohne dass es Verletzte gibt.«

Mein Bruder winkt ab. »Danke, nein, ich verdaue noch. Ach übrigens, ich weiß jetzt, was bei der anderen Geschichte gefehlt hat. Du hast vergessen zu erwähnen, als was Papa verkleidet war, an dem Abend.«

»Aber das weißt du doch«, sage ich.

»Ich weiß *eine Menge*, aber das ist eins von den wenigen Dingen, die ich nochmal *hören* will!«

Ich muss grinsen, und obwohl es nun vollkommen dunkel auf dem Balkon ist, weiß ich, dass mein Bruder es auch tut. Und ich weiß, dass wir diese letzte Zigarette noch rauchen werden, und dass es nur für heute Abend die letzte Zigarette sein wird. Und natürlich weiß ich, dass mein Bruder eine Menge weiß, sogar Dinge, die nur er mitbekommen hat, weil er auch dann noch zu Hause gewohnt hat, als ich schon ausgezogen war. Er weiß, dass meine Mutter hervorragend kochen kann, wenn sie will, nicht nur einmal im Jahr Rouladen. Sie hat das Privileg des Kochens nur deshalb unserem Vater überlassen, weil sie genügend andere Hobbys hat. Mein Bruder weiß auch genau, und viel besser als ich, wie viel unsere beiden Eltern heimlich geraucht haben, nachdem sie bereits »aufgehört« hatten. Hier auf diesem Balkon, immer abwechselnd, bis sie sich einmal zu oft gegenseitig dabei erwischt haben. Und wie sie sich zusammengerissen und es schließlich doch geschafft haben, mit der elenden Qualmerei aufzuhören. Durch ganz stringente Suchtverschiebung. Ich glaube, mein Bruder weiß sogar, dass die Balkontür, auch wenn sie fest verschlossen ist, überhaupt nicht dicht ist, und unsere Eltern sehr gut hören können, was wir hier so reden.

»Er war als Bär verkleidet«, sage ich schließlich, und drücke die Kippe aus. »Ja, damals musste er sich noch verkleiden, um wie einer auszusehen. Er war ganz dünn, und das Kostüm schlabberte an seinem Körper, als er mit dem Motorrad davonfuhr. Da hat Mama sich in ihn verliebt, genau in dem Moment.«

Klock-Tschak.

»Ihr seid ja schon wieder hier. Rein mit euch, es gibt Schnaps«, sagt unser Vater, der ganz offensichtlich schon mehr als einen getrunken hat. Mein Bruder und ich gehen durch die Küche zurück ins Wohnzimmer, aus der Stereoanlage ertönt *Best of Elvis*, die Gäste unterhalten sich über ihre Silvesterpläne, der Baum strahlt vor sich hin, genau wie unsere Mutter, aber beide stehen inzwischen leicht schief. Mein Bruder dreht die Anlage lauter. Trotzdem hören wir aus der Ferne:

WE WISH YOU A MERRY CHRISTMAS, WE WISH YOU A MERRY CHRISTMAS, AND A HAPPY NEW YEAR!

Unser Vater hat die Kugel wieder aus dem Mülleimer geborgen und auf den Balkon gehängt. Wie in jedem Jahr.

Unsere Mutter rollt mit den Augen und hebt ihr Glas: »Na dann. Frohe Weihnachten.«

»Frohe Weihnachten«, ertönt es etwas mumpfig aus der Küche. Unser Vater hat die letzte Roulade entdeckt. Er wird sie nun in die Soße tunken, die selbstverständlich *er* zubereitet hat, so nebenbei, und beim Kauen genießerisch die Augen schließen, um festzustellen, dass es eben die Kombination aus Fleisch *und* Soße ist, die diese Rouladen zu jenem oft zitierten Gedicht macht. Wir lassen ihn in dem Glauben, dass wir den Soßentrick nicht durchschauen, dass wir nicht wüssten, dass er sich mit dieser letzten Roulade in der Küche versichert, dass ohne sein Zutun und seine Hingabe kein wirklich perfektes Menü seine Küche verlassen würde, und hoffen sogar, dass er in diesen Minuten schon wieder davon träumt, Koch in seinem eigenen Restaurant zu sein. Denn sonst wäre es kein frohes Fest mehr, wenn wir uns nicht alle gegenseitig zum Narren halten würden, oder wenigstens bis zum bitteren Ende so tun würden, als ob. Wir müssen fluchen, uns verkleiden, wilde Possen erzählen und reißen, uns überfressen und betrinken, sehr viele letzte Zigaretten rauchen, und Liebe in Rouladen rollen, damit sie frisch bleibt – auch ohne Tupperdosen! Weihnachten ist der wahre Karneval, aber bitte: Auch das bleibt ein Geheimnis.

BERND GIESEKING

Echte Kerzen wären schon schöner

> Er dachte daran, wie er verfolgt und verhöhnt worden war, und hörte nun alle sagen, dass er der schönste aller schönen Vögel sei; selbst der Flieder bog sich mit den Zweigen gerade zu ihm in das Wasser hinunter, und die Sonne schien warm und mild. Da brausten seine Federn, der schlanke Hals hob sich und aus vollem Herzen jubelte er: »So viel Glück habe ich mir nicht träumen lassen, als ich noch das hässliche Entlein war!«
>
> *Das hässliche junge Entlein, Hans Christian Andersen*

Dies ist die Geschichte vom hässlichen Elchlein. Sie ist nicht erfunden, jedenfalls glaube ich das, denn Ville, ein alter Rentierzüchter aus dem Volk der Sami im finnischen Inari, hat sie mir erzählt.

Es war herrlich in jenem Jahr draußen in Lappland. Frühling war's, die ersten warmen Tage. Etwas Schnee lag noch auf den Höhen der Fjells und auf der Schattenseite der Bäume, kleine Reste von Eis klammerten sich an die Ufer der Seen. Überall regte sich neues Leben. Die Pflanzen waren aus ihrem Winterschlaf erwacht. Ihre Stängel drangen durch die Erde, und erste Blütenknospen wuchsen der Sonne entgegen. Die Birken zeigten ihre jungen Blätter. Alle Tiere waren bester Laune. Der Auerhahn gockelte stolz mit seiner Frau durch die Landschaft. Ein Birkhuhn rüttelte sich auf den Eiern zurecht, die es noch bebrütete. Ein Singschwanpaar, das sich spät gefunden hatte, schwamm verliebt seinen Hochzeitstanz auf einem See. Andere waren schon fertig mit ihrer Brut. Die Rebhühner führten aufgeregt und vorsichtig ihre Jungen spazieren.

Die Rentiere, die Weibchen wie die Männchen, rieben den Bast von ihrem neuen Geweih, das ihnen frisch gesprossen war. Sie zogen äsend durch die Wälder. Hinter den Rentiermüttern staksten die gerade geborenen Kälber. Auch die Elchkühe säugten ihre Jungen und schauten herablassend zu den Rentiermüttern herüber, weil deren Kälber erheblich kleiner waren. Luchs, Wolf und Vielfraß beobachteten hungrig die Jungtiere, hatten aber Respekt vor den frischgewachsenen Geweihen der Rentiere und besonders vor den mächtigen Schaufeln der Elchbullen. Die ersten Mücken tanzten im Sonnenlicht zu allen Tageszeiten, flogen in der nicht müde werdenden Sonne ihre Freudentänze und stachen, piekten und saugten voller Freude an den vielen Tieren und den wenigen Menschen, die hier oben im Norden Europas lebten.

Minna, die Elchmutter, zog durch die Tundra, gefolgt von ihrem Kalb, einem jungen Elchbullen, der gerade begann, diese Welt zu entdecken. »Juha« hatte sie ihren kleinen Elch getauft, als er vor wenigen Tagen geboren worden war.

Juhas Vater Markku zog längst wieder allein durch die Weiten Lapplands und protzte mit seinem neuen mächtigen Geweih, das seiner Meinung nach sogar noch größer war als im vorigen Jahr.

»Das größte Geweih von ganz Lappland«, dachte er stolz, besonders wenn er am Ufer eines Sees im Wasser stand und auf sein Spiegelbild schaute. Er versuchte sich dann nicht zu bewegen, um sich ganz genau und ohne die kleinste Welle betrachten zu können. Minna aber schüttelte den Kopf über die Eitelkeit nicht nur dieses, sondern aller Elchbullen, denn jeder glaubte, wenn vielleicht nicht das größte, so doch mindestens das schönste Geweih des gesamten Nordens zu haben.

Minna sorgte sich wie jede Elchmutter um ihr Junges und fluchte innerlich über die Männchen, bei denen sich die Gespräche immer nur um ihre Geweihe drehten. Minna hoffte, dass ihr kleiner Juha auch noch etwas anderes im Kopf haben würde. Sie sagte ihm jeden Tag aufs Neue: »Ein Geweih ist nicht alles.«

»Ja, Mama.«

»Es nützt nichts, es auf dem Kopf zu tragen, du musst auch was im Kopf haben.«

Dann kicherte Juha. Immer wieder schaute er interessiert zu den Rentieren.

»Sieh mal, Mama, die haben auch ein Geweih.«

»Ja, aber das sind nur Rentiere.«

»Wieso ›nur‹?«

»Sie sind kleiner als wir. Und schau mal, ihr Geweih …«

»Ich denke, es kommt nicht auf das Geweih an?«

»Juha, da hast du auch wieder recht.«

Dann kam der Tag des großen Unglücks. Minna und Juha zogen durch die Wälder und kreuzten dabei immer wieder die Wege der Menschen. Sorglos querten sie Pfade und Straßen, denn ein Elch fürchtet sich im Grunde vor nichts und niemand, nicht vor Luchs, Wolf oder Vielfraß, nicht einmal vor Bären. Und schon gar nicht vor Menschen, die ohnehin sehr vorsichtig auf ihren Straßen fahren, gerade in der Dämmerung, mit ihren lauten, stinkenden Autos, denn wer einen hochbeinigen Elch anfährt, muss damit rechnen, dass dieses Tier auf das Fahrzeug stürzt und größte Schäden verursacht. Die Autofahrer im Norden Europas sind daher meistens aufmerksam unterwegs – aber leider nicht die Elche …

Minna und Juha mussten erneut eine Straße überqueren. Der Wind stand ungünstig, und so hörten sie nicht den herannahenden Wagen. Der Waldrand führte bis unmittelbar an die Fahrbahn. Juha glitt unbesorgt aus dem sicheren Wald auf die Straße, Minna folgte ihm. Zu spät sah sie das Licht des viel zu schnell fahrenden Autos.

Es blendete auf und blendete damit Juha, der erschreckt mitten auf der Fahrbahn stehen blieb. Minna reagierte sofort und trabte vor. In letzter Sekunde konnte sie ihren Sohn mit dem breiten und sonst so sanften Maul mit all ihrer Kraft von der Straße schubsen. Juha rutschte aus und knickte in den Beinen ein. Das Auto bremste zwar, aber es schlitterte unkontrolliert über die Fahrbahn. Minna selbst kam nicht schnell genug von der Straße herunter. Das Auto rutschte mit hoher Geschwindigkeit auf sie zu.

Juha, der noch verstört am Boden lag, hörte hinter sich ein seltsames Geräusch. Es klang wie das Knacken, wenn er auf trockene Äste trat. Juha drehte sich um. Das Auto selbst hielt nur kurz und raste dann davon. Minna, seine Mutter, aber lag am Straßenrand und konnte sich kaum bewegen. Sie war von dem Wagen am hinteren Lauf erwischt worden. Das Bein war gebrochen. Mit zitternder Stimme rief sie: »Juha, geh. Geh zu den Bäumen.«

»Und du?«

»Ich komme nach.«

Mühsam erhob sie sich und versuchte auf drei Beinen ihr Gleichgewicht zu finden. Doch als ihr gebrochener Hinterlauf den Boden berührte, durchzuckte sie ein wilder Schmerz. Sie humpelte und zog das Bein hinter sich her. Sie versuchte in die Sicherheit des Waldes zu gelangen, fort von dieser Fahrbahn, wo bald eine nächste Gefahr herannahen konnte. Unter größten Schmerzen gelang es ihr, sich zwischen die Bäume zu schleppen.

Juha stapfte zu ihr.

»Mama? Was ist?«

»Das wird schon wieder!«

»Was ist denn?«

»Trink, Juha, du musst Hunger haben.«

Minna versuchte sich ihre Verletzung nicht anmerken zu lassen. Wichtig war, dass ihr kleiner Juha zu Kräften kam. Aber wie sie nun ihren kleinen Elch versorgen und schützen sollte, wusste sie nicht. Markku, Juhas Vater, hatte sie seit Tagen nicht gesehen. Er war wieder irgendwo unterwegs, damit alle anderen Elche sein neues Geweih bestaunen konnten. Gierig beugte sich Juha zu ihren Zitzen und saugte. Minnas Flanken zitterten.

Währenddessen war Janne, ein Luchs, auf der Suche nach kleinen Beutetieren. Er schaute mehr aus Gewohnheit als wirklich mit Hoffnung auf einen Jagderfolg zu der Elchkuh herüber, die er am Waldrand entdeckt hatte. Da bemerkte Janne plötzlich, dass die Elchkuh nicht mehr sicher stand. Sie knickte immer wieder weg und konnte sich nur schwer fangen. Sie lahmte, schwankte ein wenig, fast unmerklich, aber ausreichend für Jannes feinen Instinkt, ein Opfer zu erkennen. Er knurrte leise.

Minnas empfindliche Ohren hörten es sofort. Und nun witterte sie auch das Raubtier, das sich zwar sofort zurückfallen ließ, aber von nun an der Elchspur folgte. Minna versuchte zu gehen, doch mit dem verletzten Hinterlauf hatte sie keine Chance. Das erkannte sie nach wenigen Schritten. Normalerweise wäre ein Luchs keine Gefahr für sie gewesen – nun war er eine Gefahr für sie beide. Juha hatte das Raubtier noch nicht bemerkt, sondern saugte hungrig und trank seelenruhig, sobald seine Mutter innehielt. Doch irgendwann spürte auch er die Unruhe seiner Mutter.

»Was ist?«, fragte Juha.

Minna holte tief Luft. Ihre Gedanken überschlugen sich. Aber sosehr sie auch überlegte, in dieser Situation gab es nur eine Lösung.

Sie sagte: »Wenn ich ›Lauf!‹ rufe, dann läufst du. Schau dich nicht um, halt nicht an, und bleib erst stehen, wenn du nicht mehr laufen kannst – oder wenn du einen anderen Elch triffst.«

»Warum? Was ist los?«

»Ein Luchs!«

»Aber du hast gesagt, dass ein Luchs nie wagen würde, uns anzugreifen.«

»Juha, ich bin verletzt, schwer verletzt. Jetzt kann ich uns nicht mehr verteidigen. Trink! Trink, so viel du kannst. Es ist das Letzte, was ich für dich tun kann.«

Zur gleichen Zeit hatte Viktor, ein hungriger Vielfraß, nur wenige Kilometer entfernt ein junges Rentier geschlagen. Es war aber auch allzu sorglos durch den Wald gestapft. Sirpa, seine Mutter, hatte nicht aufgepasst, sondern war damit beschäftigt gewesen, sich eine leckere Mahlzeit aus verschiedenen Flechten zusammenzustellen. Doch plötzlich hatte sie den Schrei ihres Jungen und das jubelnde Knurren des Raubtiers gehört. Sofort hatte sie gewusst, was geschehen war, doch es war zu spät gewesen.

Sirpa weinte, lief ziellos durch den Wald und machte sich die heftigsten Vorwürfe.

»Hätte ich nur besser aufgepasst. Hätte der Vielfraß doch lieber mich gerissen!«

Aber so ist das Gesetz des Waldes. Die einen fressen die anderen. Einer ist des anderen Nahrung. Der Vogel frisst den Käfer, der Fuchs den Hasen, der Seeadler den Lachs, der unbedacht an der Wasseroberfläche schwimmt.

Schwer atmend und weinend blieb Sirpa stehen. Sie witterte. Lauschte. War da nicht ein anderes Schluchzen? Und dann sah sie ihn. Juha. Zitternd, erschöpft und hungrig stand er da, der junge Elch.

Sie blickten einander an. Dann stapften sie, wie von einer unsichtbaren Macht angezogen, aufeinander zu. Beide atmeten schwer, beide waren gelaufen bis zur Erschöpfung. Nun standen sie voreinander, das Rentierweibchen und der junge Elch.

»Wo ist deine Mutter?«, fragte Sirpa.

»Sie hat mich weggeschickt, als der Luchs kam.«

Juha schloss die Augen. Er erinnerte sich genau, wie er erschrocken auf seine Mutter blickte, die streng wie noch nie gesagt hatte: »Geh, sonst ist es auch dein Ende! Lauf! Lauf, kleiner Juha, lauf. Jetzt!«

Und er war gerannt, ohne sich umzusehen. Er hatte hinter sich den Luchs fauchen und grollen gehört, dann kurz ein Jaulen des Luchses, den Minna mit einem ihrer Läufe getroffen haben musste, darauf wütendes Knurren. Danach hatte er nichts mehr gehört. Juha hatte nur noch die Zweige und Äste gespürt, die ihm auf seiner wilden Flucht entgegengeschlagen waren. Und irgendwann war er erschöpft, schwer atmend und zitternd stehen geblieben.

Da standen nun das junge Elchkalb, einsam und hungrig, und die Rentiermutter, traurig, aber voller Milch in ihren Zitzen für das Junge, das sie verloren hatte.

Sirpa schaute den jungen Elch zärtlich an: »Was für ein Glück, dass der Luchs nicht auch dich erwischt hat. Es war gut, dass deine Mutter dich fortgeschickt hat.«

Juha stammelte: »Aber nun bin ich ganz allein.«

Sirpa nickte: »Nein, kleiner Elch. Ich werde mich ab jetzt um dich kümmern. Denn auch ich bin allein wie du, ohne mein Junges. Wie heißt du?«

»Juha.«

»Juha, sei du ab jetzt mein kleines Rentier.«

Und ohne zu zögern lehnten sie ihre Köpfe aneinander, ruhten so und bliesen ihren Atem in des anderen Nüstern.

Sirpa bot Juha ihre Zitzen an. Der zögerte kurz, doch dann trank er, schaute kurz und dankbar zu ihr herauf und trank weiter. Als er satt und ihre Zitzen leer waren, witterten beide vorsichtig nach Luchsen, Vielfraßen und Wölfen, suchten sich einen Platz unter Birken und legten sich erschöpft zu Boden. Nachdem sie sich ausgeruht hatten, zogen sie weiter. Und so durchstreiften die beiden fortan gemeinsam die Wälder und die Tundra. Sirpa hatte ein neues Kalb, und Juha hatte eine neue Mutter.

Nachdem sie ein paar Tage unterwegs gewesen waren, stießen sie auf Mitglieder aus Sirpas Herde, auf andere Rentiermütter und ihre Jungen.

Stolz sagte Sirpa: »Das ist Juha, mein neues Rentier. Er ist erst vor vier Wochen geboren.«

Die anderen Rentiermütter schauten einander kurz an. Dann sagten sie schnippisch: »Das ist aber ein komisches Rentier.«

»Es ist viel zu groß.«

»Und die Schnauze.«

»So große Ohren!«

»Und sein Fell.«

»Und überhaupt!«

»Wenn das ein Rentier ist, ist es jedenfalls kein schönes!«

Juha schämte sich. Von diesem Moment an wollte er nichts anderes sein als ein gutes und schönes Rentier. Er wollte sein wie alle anderen jungen Kälber auch. Er wollte mit der Herde ziehen und mit ihnen gemeinsam nach Moosen und Flechten suchen, nach leckeren Pilzen und Gräsern. Er wollte mit den anderen Kälbern spielen und rangeln, mit ihnen seine Kräfte messen und dann erschöpft mit ihnen ruhen. Juha wollte so sehr sein wie sie, einer der ihren. Aber die Rentierjungen zogen sich jedes Mal vor ihm zurück, wenn er auf sie zukam. Sie wichen aus, wenn er sich näherte oder stellten sich ihm sogar entgegen. Sie verboten ihm, mit ihnen zu spielen, sie nahmen ihn nicht in ihre Gruppen auf, sie erlaubten ihm nicht, einer der ihren zu werden. Immer wieder wurde Juha abgewiesen.

Sirpa tröstete ihr Junges: »Ach, lass sie. Sie wissen es nicht besser! Eines Tages wirst du ihnen zeigen, was für ein tolles Rentier du bist.«

Aber ihre Worte konnten ihn nicht trösten. Eine große Traurigkeit blieb in ihm zurück.

Juha wuchs schnell heran und war bald größer als die anderen Rentiere. Immer, wenn er an Sirpa säugen wollte, musste er den Kopf tief nach unten drehen, um ihre Zitzen noch erreichen zu können. Aber langsam fraß er selbst Gras, Blätter und Flechten und zupfte seine ersten Blaubeeren von den Büschen.

Eines Tages stand er in der Nähe einer Gruppe junger Rentiere, die wie er in diesem Frühjahr geboren waren. Sie schwatzten miteinander.

»Was möchtet ihr werden?«, fragte Jussi, der ein weißes Fell hatte.

Juha stand etwas abseits, aber in Hörweite.

»Ich möchte mit euch den Schlitten von Santa ziehen!«, rief Matti, der Schwarze.

»Santa?«, fragte Juha zaghaft dazwischen.

»Hau ab«, zischte Matti.

Suvi, die Graue, aber sagte: »Das ist der Weihnachtsmann!«

»Der Weihnachtsmann?«, fragte Juha. »Wer ist das?«

Suvi lachte laut: »Juha, du bist echt dämlich.«

Zu den anderen gewandt sagte sie: »Der kennt nicht einmal den Weihnachtsmann!«

Trotzig erwiderte Juha: »Und ihr kennt den alle?«

Suvi grinste: »Ja klar kennen wir den. Jedes Rentier kennt den Weihnachtsmann. Wir helfen ihm, den Schlitten zu ziehen.«

»Den Schlitten ziehen?«, fragte Juha nun völlig verständnislos. »Was denn für einen Schlitten?«

Jussi meinte: »Juha, du bist nicht nur hässlich und zu groß, du bist auch noch dumm. Du kennst nicht den Weihnachtsmann und weißt nicht, was das mit dem Schlitten auf sich hat? Weißt du wirklich nicht, was ein echtes Rentier will und was sein größter Traum ist?«

»Aber was will ein echtes Rentier?«, fragte Juha.

Matti sagte nun stolz: »Zuerst einmal wollen wir frei herumziehen und Flechten futtern.«

»Genau!«, stimmte Jussi zu.

Matti fuhr fort: »Aber einmal im Jahr, immer zum Weihnachtsfest, wollen wir Santas Schlitten ziehen.«

»Wer ist Santa?«

Suvi schüttelte den Kopf: »Du weißt aber auch gar nichts!«

Da schämte sich Juha wieder, der doch nichts anderes als ein gutes Rentier sein wollte. Er verstand nicht, warum die anderen ihn nicht mitspielen ließen, warum sie normalerweise nicht einmal mit ihm redeten. Woher sollte er den Weihnachtsmann und seinen Schlitten kennen, wenn ihm das keiner erklärte? Und das alles nur, weil er ein bisschen anders war als die anderen Rentiere? Weil er etwas größer gewachsen war? Weil seine Schnauze etwas anders aussah? Eine Träne rollte von seinem Auge langsam die lange Schnauze hinunter.

Alle schwiegen. Dann tropfte die Träne von Juhas Oberlippe. Er schluchzte leicht. Die jungen Rentiere waren nun doch etwas betroffen.

»Jetzt heul doch nicht!«, sagte Matti.

Und Suvi lenkte ein: »Dann müssen wir dir das eben erklären. Aber nur dieses eine Mal. Und danach ziehst du Leine.«

Jussi sagte: »Genau. Glaub bloß nicht, dass wir das noch mal machen. Das ist eine Ausnahme heute!«

Matti begann: »Also, der Santa bringt den Kindern zu Weihnachten die Geschenke.«

»Geschenke? Weihnachten?«, fragte Juha erstaunt. Santa jedenfalls war ein anderer Name für den Weihnachtsmann, so weit hatte Juha das verstanden.

Minna, seine Elchmutter, hatte ihm von all dem nie etwas erzählt. Weihnachten spielt im Leben der Elche keine Rolle, und Sirpa, seine Rentiermutter, hatte ihm auch kein Wort darüber gesagt.

Etwas widerwillig erklärten die drei jungen Rentiere

Jussi, Suvi und Matti dem kleinen, aber schon sehr großen Juha alles, was sie über Weihnachten wussten, über Santa, den Weihnachtsmann und seine Weihnachtstrolle. Und während sie erzählten, begeisterten sie sich so sehr an den Geschichten, dass sie völlig vergaßen, dass sie mit Juha eigentlich gar nichts zu tun haben wollten.

Ville, der Rentierzüchter, hatte an dieser Stelle seine Erzählung unterbrochen und zu mir gesagt: »Rentiere sind manchmal nicht besser als Menschen. Elche aber auch nicht. Vor allem, wenn es um ihre Geweihe geht!« Dann fuhr er fort.

In allen Einzelheiten erzählten Jussi, Suvi und Matti dann von den ersten neun Rentieren, die jemals den Schlitten für Santa gezogen hatten. Sie berichteten von dem legendären Rentier Rudolph mit der roten Nase und all den anderen, die damals, vor Urzeiten, das erste Mal vor den Schlitten gespannt worden waren. Juha hörte deren wunderbare Namen, wie Dancer, Dasher, Comet, und erfuhr, dass Rentiere in dieser einen Nacht im Jahr, in der Weihnachtsnacht, sogar durch die Lüfte fliegen können. Jussi, Suvi und Matti erzählten vom Zauber der Bescherung und den glücklich strahlenden Gesichtern der Kinder, aber auch der Erwachsenen, die jedes Jahr beschenkt werden.

»Die werden einfach so beschenkt?«, fragte Juha.

»Ja, weil es Tradition ist«, erklärte Suvi.

»Tradition?«, fragte Juha.

»Das ist etwas, das man nicht verändern kann. Weil ... weil es schon immer so war!«

Nun strahlte Juha: »Danke, dass ihr mir all das erzählt habt, das mit der Tradition, aber besonders das mit dem Schlitten und dem Schenken. Damit habt ihr mich beschenkt.«

»Oh«, sagte Jussi, der plötzlich merkte, wie freundlich und normal und nett sie alle zu Juha gewesen waren. »Das … ähm … das wollten wir gar nicht.«

Suvi sagte streng: »Bilde dir jetzt bloß nicht ein, dass das noch einmal vorkommt.«

Juha strahlte nun zwar etwas weniger, sagte aber leise: »Von mir aus kann das jeden Tag wieder vorkommen.«

»Das war nur eine Ausnahme«, sagte Matti, »denn du bist keiner von uns. Du bist kein Rentier, sondern ein hässliches Elchlein.«

Juha war irritiert: »Ein was?«

Matti wiederholte: »Ein hässliches Elchlein!«

»Sagt wer?«, fragte Juha nun erstaunt.

»Mein Vater und die anderen Großen. Die sagen, dass du uns zugelaufen bist.«

»Ja, das stimmt, weil ich vor dem Luchs geflohen bin.«

Dann dachte Juha kurz nach und rief fröhlich: »Das bedeutet, ich bin euch zwar zugelaufen, aber ich bin auch ein Geschenk und zwar an euch.«

Und damit ließ er die verdatterten drei Rentiere stehen. Er lief zu seiner Mutter, der er sogleich verkündete: »Mama, ich möchte auch den Schlitten ziehen für den Santamann.«

»Weihnachtsmann«, erwiderte sie. »Er heißt Weihnachtsmann, und in anderen Ländern heißt er Santa.«

Sie seufzte: »Ich hatte dir extra nichts von ihm erzählt.«

»Aber warum denn nicht?«

»Na ja, für ein Rentier bist du etwas zu groß, und die neun Tiere, die den Schlitten ziehen, müssen alle ungefähr die gleiche Größe haben.«

»Dann kann ich den Schlitten vielleicht allein ziehen.«

»Ja, das wäre möglich. Aber es ist Tradition, dass es neun Rentiere sind.«

»Das ist etwas, das man nicht verändern kann.«

»Bitte?«

»Tradition. Etwas, das man nicht verändern kann, weil es schon immer so war. Sagt Suvi jedenfalls. Oder was ist diese Tradition sonst?«

»Das alles bleibt, wie es ist.«

»Aber das ist Quatsch, Mama. Alles verändert sich. Das Licht verändert sich jeden Tag. Das Wetter verändert sich. Die Pflanzen wachsen und nehmen andere Formen an. Und auch wir verändern uns. Ich werde mit jedem Tag größer und bin längst nicht mehr so klein, wie ich mal war.«

»Ja, kleiner Juha, das stimmt. Vielleicht ändert sich ja doch das eine oder andere. Ich hoffe es jedenfalls. Und dir, mein Sohn, wünsche ich von ganzem Herzen, dass du eines Tages ganz allein diesen Schlitten wirst ziehen dürfen.«

Juha überlegte: »Aber dann wären die Rentiere bestimmt sehr traurig. Jussi, Suvi und Matti! Sie träumen davon, zusammen den Schlitten vom Weihnachtsmann zu ziehen. Und wenn ich ihn allein ziehe, würden alle drei traurig sein.«

Angestrengt dachte er weiter nach: »Und die anderen

sechs Rentiere wären auch traurig, denn es sind ja immer neun, die den Schlitten ziehen.«

Sirpa war ganz gerührt. Sie war stolz auf die Gedanken, die ihr kleiner Juha sich machte, und darauf, wie er sich um die anderen sorgte. Um diese anderen, die sich ihrerseits niemals Gedanken um Juha gemacht hatten.

»Mama«, entfuhr es Juha plötzlich, »sie haben gesagt, dass ich ein hässliches Elchlein sei.«

Sirpa erschrak und seufzte tief: »Du bist ein Elch, das stimmt, aber der Schönste, den ich je gesehen habe. Du bist genauso schön wie Jussi, Suvi und Matti, auch wenn du etwas anders aussiehst als sie.«

»Meine Schnauze ist größer.«

»Mit der sagst du aber klügere Dinge.«

»Meine Ohren sind größer.«

»Mit denen hörst du genauer zu.«

»Meine Beine sind länger.«

»Dadurch bist du größer und kannst weiter schauen als sie. Und schneller rennen kannst du damit auch.«

»Doch ein richtiges Rentier bin ich nicht!«

Sirpa lachte: »Aber beinah!«

Da lachte Juha ebenfalls. Die beiden bekamen einen richtigen Lachanfall.

Als sie sich wieder beruhigt hatten, fragte Sirpa: »Wer hat das denn alles gesagt?«

»Mattis Vater.«

»Dieser Riku ist ein neidischer Zausel! Mit einem krumm gewachsenen Geweih und einem Fell, das an einen Vielfraß erinnert!«

Juha blickte Sirpa erstaunt an. So etwas Fieses sagte sie normalerweise nie! Aber sie ärgerte sich grad sehr über den alten Rentierbullen mit seinen Vorurteilen gegenüber Elchen im Allgemeinen und ihrem Juha im Besonderen.

Dann erzählte Sirpa ihrem Sohn das Märchen vom hässlichen Entlein, das sich am Ende als wunderschöner Schwan entpuppt.

»Und so ist es auch mit dir!«, schloss Sirpa ihre Erzählung.

Juha lächelte: »Ich bin in Wirklichkeit also ein Schwan?«

»Na ja, das nun auch wieder nicht. Aber …« Doch da lachten die beiden schon wieder so laut und herzlich, dass alle anderen Rentiere im Umkreis verdutzt zu ihnen herüberschauten.

»Juha, für mich bist du das schönste Rentier in ganz Lappland. Quatsch, auf der ganzen Welt!«

Dann schaute sie ihn an, ihren Sohn, denn das war er für sie und sollte es für immer bleiben: ihr Sohn! Dass er in Wirklichkeit ein Elch war, war nur eine Nebensächlichkeit.

»Juha, es ist sehr schwierig, mit Traditionen zu brechen. Aber ich verspreche dir, du wirst einmal diesen Schlitten ziehen, zu einem ganz besonderen Haus, zu besonderen Menschen. Und nun lass uns das Thema beenden.«

Es folgten zwei wunderschöne Wochen im Wald und in der Tundra. Sirpa zog mit Juha umher, dem nun auch das erste Geweih wuchs. Die anderen Rentiere, darunter nicht nur Jussi, Suvi und Matti, redeten inzwischen öfter mit ihm. Zuerst fast aus Versehen und auch ein wenig herablassend, dann aber hatten sie sich an ihn gewöhnt, fanden interessant, was er sagte, und vergaßen nach und nach, dass sie ihn zuerst als so anders und fremd empfunden hatten. Inzwischen rempelten sie ihn freundschaftlich mit der Schulter an, und Juha, der größer als sie alle war, rempelte sehr glücklich, aber auch sehr vorsichtig zurück.

Eines Tages, er war inzwischen enorm gewachsen, sahen sie Matti und seinen Vater Riku.

»Komm, lass sie«, sagte Sirpa, die merkte, dass ihr Sohn etwas im Schilde führte. Doch Juha stapfte auf die beiden Rentiere zu.

»Hallo, Matti!«

»Hei-hei, Juha.«

»Red nicht mit dem«, zischte sein Vater Riku.

Nun richtete sich Juha auf, der den Alten inzwischen überragte. Dann sprach Juha ihn direkt an: »Ich bin also ein hässliches Elchlein?«

Riku druckste: »Na ja, es ist nun mal eine Tatsache, dass Elche nicht unbedingt als *schön* zu bezeichnen sind. Vor allem nicht im Vergleich zu uns Rentieren.«

»Sagt wer?«, fragte Juha.

»Ach … das weiß man doch«, sagte Riku zögerlich.

Sirpa sagte: »Juha, lass uns gehen.«

Doch Juha ließ nicht locker: »Ich finde, jedes Tier ist schön. Sogar du, Riku. Obwohl … na ja … sagen wir, du bist ganz passabel – für ein Rentier, meine ich. Oder was denkst du, Mutter?«

Und er schaute zu Sirpa. Die fing laut an zu lachen.

Matti sagte leise zu seinem Vater: »Ich glaube, du solltest dich bei Juha entschuldigen. Er ist nämlich echt in Ordnung. Und eigentlich ist er auch gar nicht so anders als wir. Als du und ich.«

»Aber er ist ein Elch!«

»Aber da kann Juha doch nichts dafür. Es kann nicht jeder ein Rentier sein! Es muss doch auch die anderen Tiere geben.«

»Hmpf«, brummte Riku, was eine unwillige Zustimmung bedeutete.

Sie standen ein paar endlose Minuten schweigend voreinander, dann sagte Riku leise zu Juha: »Also das mit damals … das war nicht so gemeint. Entschuldigung.«

Juha schaute erst etwas verdutzt, dann rief er fröhlich: »Du hast überhaupt keine Ahnung von der Natur, Riku, aber noch weniger von der Literatur. Ich bin in Wahrheit nämlich ein Schwan!«

Mattis Vater Riku schaute irritiert. Was sollte das jetzt schon wieder? Doch dann lachten Sirpa und Juha plötzlich laut auf, und auch Matti musste lachen.

Riku wurde sauer: »Man lacht seinen Vater nicht aus!«

Doch Matti entgegnete: »Man soll aber auch nicht schlecht über kleine Elche reden!«

Und weil Matti die Geschichte vom hässlichen Entlein kannte – denn sein Vater selbst hatte sie ihm erzählt –, sagte er noch: »Vor allem wenn die sogar richtige Märchen kennen.«

»Hmpf«, sagte Riku erneut und fügte zerknirscht hinzu:

»Ist ja schon gut. Also Juha, egal ob Schwan oder Elch, du bist auf jeden Fall Sirpas schönstes Kind. Sei willkommen.«

In diesem Moment hatte Sirpa eine Idee.

»Riku? Hast du kurz Zeit für mich?«

Riku nickte.

Sirpa sagte: »Jungs, Matti, Juha, geht doch mal ein bisschen im Wald spielen.«

Die beiden Jungtiere trabten davon, drehten sich nach einigen Schritten aber noch einmal um, und Matti fragte Juha: »Was haben die beiden denn da zu bereden?«, doch dann sahen sie ein paar Blaubeeren – und wenn ein Rentier Blaubeeren sieht, wird alles andere zur Nebensache. Bei Elchen ist das nicht anders. Und so zupften sie an den Beeren und Blättern, steckten sich, als sie satt waren, gegenseitig die blau gefärbten Zungen aus und lachten.

Unterdessen fuhr Sirpa zu Riku gewandt fort: »Riku, du kennst doch den Weihnachtsmann sehr gut. Viele Jahre warst du eines der neun Rentiere …«

Einige Wochen später, der erste Schnee war längst gefallen, die dunkle Polarnacht war angebrochen, kam Riku zu Sirpa und Juha durch den Schnee gestapft.

»Sirpa, es ist so weit.«

Die sagte: »Juha, wir haben eine kleine Überraschung für dich.«

Riku ergänzte: »Also eigentlich ist es eher eine Bitte …«

»An mich?«, fragte Juha.

Riku fuhr fort: »An dich. Der Weihnachtsmann hat einen neuen Schlitten. Einen kleinen, der speziell für die

Reise nach Island beauftragt und angefertigt wurde. Island ist ein kleines Land, und es wohnen dort nur wenige Menschen, weswegen weniger Geschenke dorthin gebracht werden. Da reicht für die Fahrt ein kleiner Schlitten. Und den müssen auch nicht neun Rentiere ziehen.«

Aufgeregt und hoffnungsvoll fragte Juha: »Und ich darf vor den Schlitten?«

Riku verneinte: »Nicht ganz. Du weißt: Es gibt Traditionen, an die wir uns halten müssen …«

»Ja, ja. Nur Rentiere dürfen den Schlitten ziehen! Mist!« Und Juha rollte mit den Augen.

»Ja, aber du darfst die Probefahrt mit diesem Schlitten machen.«

»Echt jetzt?«, Juha strahlte.

»Der Weihnachtsmann hat mich gefragt, wer die Probefahrt machen könnte. Und ich habe an dich gedacht.«

Sirpa lächelte in sich hinein, denn genau das war ihre Idee gewesen.

Riku fuhr fort: »Der Weihnachtsmann sitzt auf dem Kutschbock und du ziehst den Schlitten. Ihr werdet ein altes Ehepaar besuchen, Irma und Roope. Und auch wenn es nur eine Probefahrt ist und längst noch nicht Weihnachten, werden die beiden trotzdem einen Baum aufstellen und ihn schmücken. Juha, du darfst bestimmt auch einen Blick darauf werfen und dir den Weihnachtsbaum mit den Kerzen ansehen.«

Sirpa fragte besorgt: »Mit echten Kerzen? Solche, die mit einer Flamme brennen?«

Riku lachte und winkte ab: »Nein, ich glaube, für heute

Abend, für diese Testfahrt, schmücken sie ihren Baum mit Lichterketten, also mit elektronischen Kerzen. Das geht schneller und ist wesentlich praktischer. Echte Kerzen kommen bei den Menschen sowieso langsam aus der Mode.«

Juha strahlte: »Ach, welche Kerzen die nehmen, ist mir ganz egal. Ich freue mich. Wann geht's los?«

»Jetzt sofort«, verkündete Riku. Und damit machten sich die drei auch schon auf zum Weihnachtsmann.

»Ist es weit?«, fragte Juha schon nach wenigen Schritten. Er war sehr aufgeregt.

»Hab Geduld«, sagte Sirpa.

»Kann Matti nicht mitkommen?«, fragte Juha.

»Nein, das ist eine Aufgabe für dich allein«, erklärte Riku. »Auch Sirpa und ich werden dich nicht begleiten.«

Nun wurde es Juha etwas mulmig zumute, denn noch nie war er ohne Sirpa in den Wäldern unterwegs gewesen. Und jetzt sollte es sogar zu einem alten Paar in einem Haus irgendwo in der weiten Welt gehen!

Sie zogen durch den Wald, der Mond schien hell und leuchtete auf den Schnee. Alle drei waren aufgeregt, und ausnahmsweise dachte niemand von ihnen daran, unterwegs nach Flechten zu graben. Dann leuchtete es in der Ferne.

»Ho, ho, ho«, rief es ihnen entgegen.

Wahrhaftig, da stand der Weihnachtsmann vor einem kleinen Schlitten mit Geschenken, mitten auf einer Lichtung in Lappland, vom Mondlicht beleuchtet.

Er ging auf sie zu: »Grüß dich, Riku. Hallo, meine Sirpa. Und du musst Juha sein.«

»Ja, das bin ich! Und du bist der Weihnachtsmann?«

»Du kannst Santa zu mir sagen.«

»Oh, Santa, ich bin ganz aufgeregt! Einmal deinen Schlitten ziehen zu dürfen – das ist mein großer Traum! Dann bin ich endlich ein richtiges Rentier.«

Der Weihnachtsmann nickte. »Ja, Riku hat mir von deinem Schicksal erzählt.« Dann fügte er hinzu: »Komm, mein Kleiner!«, und mit diesen Worten schirrte er den jungen Elch ein und legte ihm die Zügel an.

»Wir machen zunächst ein paar Fahrübungen, links und rechts …«

»Das verwechselt er noch manchmal«, sagte Sirpa schnell.

Santa wandte sich an Juha: »Wir üben auch das Halten und Wiederanziehen – aber, Juha, denk daran: Niemals zu schnell! Eine Regel bei uns lautet: ›Immer mit Bedacht, hilft nicht nur in der Weihnachtsnacht.‹«

Dann wollte sich der Weihnachtsmann auf den Schlitten setzen. Doch genau in dem Moment zog der aufgeregte Juha trotz der kleinen Ermahnung so stark er konnte an. Mit einem Ruck setzte sich der Schlitten in Bewegung, auf dem Santa noch gar nicht richtig Platz genommen hatte, und mit einer Rolle rückwärts purzelte der Weihnachtsmann in den Schnee.

»Oje«, rief Juha. »Tut mir total leid!«

Doch Sirpa und Riku lachten aus vollem Hals, während sich Santa schmunzelnd aufrappelte und den Schnee von seinem Mantel schüttelte. Im zweiten Versuch klappte der Start reibungslos, und nach ein paar Übungsrunden ging es los. Vorher aber legte Sirpa noch kurz ihre Schnauze an die von Juha und flüsterte: »Ich bin sehr stolz auf dich, mein kleines Rentier.«

Dann bliesen sie sich gegenseitig ihren warmen Atem in die Nüstern, wie bei ihrer ersten Begegnung. Nun wurde es Zeit. Santa rief »Ho, ho, ho!«, Juha zog behutsam an, und Sirpa und Riku blieben zurück.

Santa lenkte Juha sicher durch den winterlichen Wald, und nach einiger Zeit erreichten sie eine weit abgelegene Hütte. Juha musste drei Runden um das Haus drehen, bis es ihm endlich gelang, exakt vor der Eingangstür zu halten.

Santa spannte ihn aus, nahm die Geschenke aus dem Schlitten und trat vor die Tür.

»Ho, ho, ho«, rief der Weihnachtsmann auch hier.

Da öffneten ein kleiner Mann und eine kleine Frau die Tür. Irma und Roope. Es drang ein sanftes Licht aus dem im Dunklen liegenden Haus heraus. Von einem Plattenspieler erklangen Lieder, die Juha noch nie gehört hatte.

Roope sagte: »Wir sind noch nicht ganz fertig.«

»Kein Problem«, sagte Santa, »es ist ja eine Probefahrt.«

Roope entgegnete: »Aber wir wollen auch dafür alles so machen, als wenn schon Weihnachten wäre.«

In diesem Moment schaute Irma erst Santa an, dann blickte sie hinüber zu Juha. Mit großem Erstaunen und auch ein wenig erschreckt sagte sie: »Santa, das ist aber kein Rentier. Das ist ein Elch.«

Juha drehte sich zu Irma und lächelte charmant: »Also, eigentlich bin ich kein Elch, ich bin ein Rentier. Oder auch ein Schwan.«

Da lachte Roope, und Irma fragte: »Wie im Märchen von Hans Christian Andersen?«

Juha kannte diesen Namen zwar nicht, aber er nickte wohlwissend, denn zumindest das mit dem Märchen war ja richtig. Nun baten Roope und Irma den Weihnachtsmann herein. Juha starrte durch die geöffnete Tür. Drinnen stand der Weihnachtsbaum, prächtig geschmückt mit vielen glänzenden Kugeln. Es waren noch zwei weitere ältere Damen anwesend. Eigentlich sitzen ältere Damen im Sessel, trinken Kaffee und essen Kekse. Aber nicht in Lappland. Hier saß die eine bei der anderen auf den Schultern. Die untere lief um den Weihnachtsbaum herum, während die obere dabei versuchte, den Baum mit einer Lichterkette zu schmücken.

»Wir sind gleich fertig«, sagte diejenige, die auf den Schultern der anderen saß.

»Das sind Pirkko und Marja«, stellte Irma die beiden Damen vor. »Sie kommen Weihnachten immer zu uns, zum Feiern, und vorher zum Schmücken.«

»Hei-hei«, keuchte Marja zur Begrüßung. Sie war die untere, die ihre Freundin Pirkko auf den Schultern trug, damit diese die Lichterkette auch um die oberen Zweige des Baumes legen konnte.

»Sie ist etwas schwer!«, stöhnte Marja.

Pirkko rief: »Wer ist hier schwer? Ich?«

Marja stöhnte erneut: »Nein, die Lichterkette!«

Irma flüsterte: »Echte Kerzen wären schon schöner gewesen. Aber die nehmen wir nur zum Weihnachtsfest. Für heute reicht die Lichterkette. Wir wussten nicht, dass

Marja und Pirkko sie fast akrobatisch um den Baum legen würden.«

In der Tür lachte darüber dröhnend der Weihnachtsmann und trat nun ein. Neben ihm versuchte der doch schon sehr große Elch Juha den Kopf durch die Tür zu stecken, um alles sehen zu können. Aber sein erstes, junges Geweih war schon zu breit für die Türöffnung.

Pirkko, die nur Santa im Augenwinkel gesehen hatte, rief von oben: »Noch nicht näher kommen! Wir sind fast fertig. Jetzt muss noch der Stern auf die Spitze.«

Marja griff den Stern und reichte ihn nach oben zu Pirkko. Doch der Weihnachtsbaum war ein klein wenig zu hoch. Pirkko streckte sich, um den Stern auf die Spitze zu setzen. Während die beiden Frauen wackelten und zitterten, stöhnte Marja unter ihr: »Man müsste ein Elch sein, um dich so lange tragen zu können!«

Und dann überschlugen sich die Ereignisse.

»Ich bin ein Elch«, rief Juha. Immer noch begeistert von seiner ersten Schlittenfahrt, wollte er nun auch hier helfen. Sofort! Wenn schon ein Elch gebraucht und gerufen wurde, er war bereit! Und Juha drehte den Schädel so, dass sein Kopf knapp durch die Tür passte. Er zwängte sich hinein in den Raum und stürmte nach vorn, um Marja zu helfen und um Pirkko zu tragen.

Im gleichen Moment steckte Roope die Lichterkette in die Steckdose, und sämtliche Lichter leuchteten plötzlich so strahlend hell wie eine Silvesterrakete bei ihrer Explosion. Die Birnen blendeten Juha, blendeten ihn wie einst das Auto, das seine Mutter angefahren hatte. Völlig erschreckt und orientierungslos lief Juha zuerst gegen Marja, die mit Pirkko stürzte, den Stern für die Spitze noch in ihrer Hand. Dann rannte Juha gegen den Weihnachtsbaum, der nun ebenfalls bedenklich wackelte. Alle Lichter zitterten unter der Erschütterung. Auch Juha taumelte und versuchte sein Gleichgewicht zu halten. Dabei pendelte sein Kopf hin und her und verfing sich in der Lichterkette, die sich mit jeder seiner Bewegungen weiter um sein Geweih wickelte. Alle in der Stube hielten den Atem an. Doch dann fing sich Juha, beruhigte sich und stand wieder sicher auf seinen Beinen. Erleichtert darüber, scheinbar keinen größeren Schaden angerichtet zu haben, drehte er sich zum Weihnachtsmann, zu Irma und Roope und Pirkko und Marja – und strahlte. Dann lachte er laut.

Um sein Geweih herum schlängelte sich eine wunderbare Weihnachtslichterkette mit weißen Glühbirnen so hell wie glitzernder Schnee und gelben Glühbirnen so leuchtend wie das Licht des Mondes. Das Ende der Lichterkette steckte immer noch in der Steckdose. Juhas Elchkopf strahlte wie ein großer Weihnachtsbaum.

Er war so glücklich, wie noch nie ein Elch glücklich gewesen war. Er dachte an seine Elchmutter Minna, an seine Rentiermutter Sirpa, an Jussi, Suvi und Matti und all die anderen Wesen in Lappland, denen er bisher begegnet war.

Dann rief er: »So viel Glück habe ich mir nicht träumen lassen, als ich vor dem Luchs geflohen bin.«

Alle schwiegen für einen Moment. Sie schauten auf Juha mit der leuchtenden Lichterkette um sein Geweih. Dann legte der Weihnachtsmann den Kopf schief und sagte: »Echte Kerzen wären schon schöner gewesen!«

Jetzt lachten alle gemeinsam, am lautesten aber lachte der strahlende und vor allem glückliche Juha.

»Das«, so schloss Ville, der alte Rentierzüchter, »war die Geschichte vom hässlichen Elchlein. Und jeder Mensch in Lappland, jeder Troll und Tonttu, jedes Rentier und jeder Elch kennt sie. Du kennst sie nun auch! Und wie bei jeder Geschichte ist es wichtig, dass auch du sie weitererzählst.« Darum steht die Geschichte hier im Buch, weil ich Ville, dem alten samischen Rentierzüchter, versprochen habe, sie weiterzuerzählen.

Über die Autorinnen und Autoren

FEE BADENIUS wurde 1986 als ältestes von vier Kindern in Schleswig-Holstein geboren. Seit 2006 lebt und arbeitet sie im Ruhrgebiet als Musikerin und Texterin. Sie schreibt poetische, subtile und satirische Liedtexte, die sie auf Konzerten im gesamten deutschsprachigen Raum zu Gehör bringt.

Den traurigsten Weihnachtsmoment hatte sie mit ihrer Mutter und den drei kleinen Brüdern auf der Autobahn in Richtung der Großeltern, als der Radiomoderator nach ein paar Stunden inmitten einer schneebedingten Vollsperrung sagte: »Wer jetzt noch kein Weihnachtsfest und keine Bescherung hatte, bei dem fällt Weihnachten dieses Jahr aus.« Es ist dann aber doch alles gut ausgegangen.

KATINKA BUDDENKOTTE wurde in Münster geboren, lebt und schreibt aber in Köln. Beides meist komisch. Dafür liest sie überall dort vor, wo sie gebraucht wird.

Im Advent ist sie vornehmlich mit dem Ensemble der »Akte X-Mas – Die Weihnachtsrevue, nach der Sie einpacken können« unterwegs. So gelingt es ihr, ihren inneren Grinch auf der Bühne zu lassen und ein besinnliches Weihnachtsfest daheim zu verbringen.

FRITZ ECKENGA wurde 1955 in Bochum geboren. Wenn er nicht woanders ist, belebt er Dortmund. Er spielt Soloprogramme, schreibt Theaterstücke, Hörspiele und Radiokolumnen (WDR). Zahlreiche Buch- und CD-Veröffentlichungen, mehrere Preise, zuletzt Literaturpreis Ruhr, Salzburger Stier, Tegtmeier Ehrenpreis.

In der Nacht vom 23. auf den 24. Dezember mariniert er ca. 3 kg Rotkohl und prüft, ob der Wein ein Gedicht ist.

BERND GIESEKING wurde 1958 in Minden (Westfalen) geboren. Nach einer Lehre zum Zimmermann und einem Lehramtsstudium (Kunst und evangelische Theologie) in Kassel folgten erste Kabarettauftritte. Neben seinen Soloprogrammen, vor allem seinem satirischen Jahresrückblick »Ab dafür!«, schreibt er Bücher, z. B. über seine Finnland-Reisen. Außerdem schreibt er Kolumnen für Print und Hörfunk, u. a. für die *taz*, und immer wieder Kinderhörspiele für den WDR und HR.

An Weihnachten liebt er besonders seinen ausgedehnten rituellen Weihnachtsnachmittagsspaziergang entlang der Weser.

PETRA HARTLIEB wurde 1967 in München geboren. Ihre Kindheit verbrachte sie in Oberösterreich, zum Studieren zog es sie nach Wien, um Psychologie und Geschichte zu studieren. Anschließend war sie als Pressereferentin in Wien und Hamburg tätig sowie als Literaturkritikerin u. a. für den NDR. Seit 2004 betreibt sie gemeinsam mit ihrem Mann eine Buchhandlung in Wien. 2014 erschien ihr Buch *Meine wundervolle Buchhandlung* sowie von 2016 bis 2021 ein Romanzyklus rund um ein Kindermädchen von Arthur Schnitzler.

Am 24. Dezember ist sie einfach nur glücklich, dass es wieder einmal vorbei ist.

INGRID KALTENEGGER ist in Salzburg geboren und aufgewachsen. Sie studierte Schauspiel an der Folkwang Universität der Künste und Drehbuch an der ifs internationalen filmschule köln. Ihr Debütroman *Das Glück ist ein Vogerl* wurde 2020 verfilmt.

Zu Weihnachten quält sie ihre Familie tagelang damit, dass sie sämtliche Stimmen des Weihnachtsoratoriums mitschmettert.

SVEN KEMMLER wurde 1968 in München geboren. Nachdem er in Stirling (Schottland) Biologie und anschließend Angewandte Kulturwissenschaften in Lüneburg studierte, verschrieb er sich der Komik. Seit 2004 steht er als Solokünstler auf der Bühne. Er arbeitet außerdem als Regisseur, Dramaturg und Autor und verfasst Bühnenstücke für Kabarett und Theater.

Das Wort »Weihnachten« hält er für die schönste ihm bekannte Umschreibung von Kalorien. Zudem ist er der stabilen Auffassung, dass zwei Weihnachtsfeiertage deutlich zu wenig sind, um sich von den sittlichen Traumata der (mittlerweile ja dreimonatigen) Vorweihnachtszeit angemessen erholen zu können.

UTA KÖBERNICK wurde 1976 in Ost-Berlin geboren. Nach einem begonnenen Gesangsstudium in Weimar studierte sie in Zürich Schauspiel. Seit 2007 ist sie als Kabarettistin mit ihren Soloprogrammen auf Tour. Ihre Liedtexte und kurzen prägnanten Gedichte sind poetische, subtile Gesellschaftskritiken.

Weihnachten hat sie einmal ausfallen lassen. Und musste feststellen, es findet trotzdem statt. Weihnachten zu ignorieren – diesen Stress tut sie sich nicht wieder an.

DAGMAR SCHÖNLEBER ist Kabarettistin, Autorin und Liedermacherin. Nicht von Geburt an, aber von Herzen. In Ostwestfalen-Lippe aufgewachsen, dann im Auftrag der Völkerverständigung ins Rheinland emigriert, ist sie seit 2002 hauptberuflich mit ihren Soloprogrammen im gesamten deutschsprachigen Raum unterwegs und hat fünf Kabarettprogramme, zwei Kurzgeschichtenbände, einen Roman und drei Tonträger veröffentlicht. Sie schreibt (Jugend-)Theaterstücke und ist nebenbei als Referentin für Konfliktmanagement und Teamarbeit in der Erwachsenenbildung tätig.

Weihnachten ist für sie die Zeit der Familie inklusive Genüsse, Geschenke und Gefühle aller Art.

Nachweis der einleitenden Zitate

S. 7: Adalbert Stifter: Bergkristall. Erzählung. Anm. und Nachw. von Helmut Bachmaier. Stuttgart: Reclam, 2020. S. 5.

S. 31: Dante Alighieri: La Commedia/ Die Göttliche Komödie I. Inferno / Hölle. Italienisch / Deutsch. Übers. von Hartmut Köhler. Hrsg. von Ludger Scherer. Stuttgart: Reclam, 2019. S. 6 f. (Reclams Universal-Bibliothek. 18596)

S. 45: Emily und Fritz Kögel: Der Bratapfel. In: E. und F. K.: Die Arche Noah. Leipzig: Teubner, 1901. S. 28.

S. 77: Karl May: »Weihnacht!«. Reiseerzählung. Freiburg i. Br.: Friedrich Ernst Fehlenfeldt, 1897. S. 1.

S. 89: Herman Melville: Moby-Dick; or, The Whale. London: Richard Bentley, 1851. S. 634. [Übersetzung Sven Kemmler]

S. 129: Luther-Bibel 1912, Mt 1,18.

S. 141: Brüder Grimm: Aschenputtel. In: B. G.: Die schönsten Märchen. Eine Auswahl. Stuttgart: Reclam, 2019. S. 97.

S. 163: John Irving: Das Hotel New Hampshire. Aus dem Amerikanischen von Hans Herrmann. S. 277. – Copyright der deutschsprachigen Ausgabe © 1982, 1984 Diogenes Verlag AG Zürich.

S. 185: Hans Christian Andersen: Das hässliche junge Entlein. In: H. C. A.: Sämmtliche Märchen. Übers. von Julius Reuscher. Leipzig: Abel & Müller, [um 1900]. S. 108.